아무튼, 피아노

아무튼, 피아노

김겨울

제철소

우리가 음악을 좋아하고, 계속 좋아하게 되는 것은
우리가 달빛을 계속 좋아하는 것과 같다.

—프리드리히 니체

차례

모든 것은 건반으로부터 시작된다

피아노 앞에 앉으면 약간 멍청이가 된 기분이 든다. 피아노 건반이 요구하는 확신은 언제나 나를 위축시킨다.

모든 것은 피아노의 건반에서부터 시작된다.

피아노의 구조는 생각보다 복잡하다. 건반을 누르면 건반에 연결된 해머가 건반에 연결된 금속줄을 때린다. 이 줄에서 생겨난 소리가 피아노의 향판을 통해 퍼져 나간다. 건반에서 손을 떼면 댐퍼가 줄을 잡아 울림이 멈춘다. 그랜드피아노에서는 줄이 지면과 나란히 길게 뻗어 있고, 업라이트피아노에서는 비교적 짧은 줄이 위아래로 설치되어 있다. 두 피아노 모두 각각의 방식을 통해 페달로 댐퍼의 움직임을 제어해서 줄의 울림을 조절할 수 있다. 이 모든 과정에서 피아노 액션에 관여하는 세부 부품은 전문가가 아니면 이름을 다 외우기 힘들 정도로 많다.

하지만 우리는 피아노의 겉모습만을 본다. 건반을 누르면, 소리가 난다. 이것이 다이다. 그래서 피아노는 시작하기 쉬운 직관적인 악기다. 누구나 시작할 수 있고 누구나 연주할 수 있다. 나를 두렵게 하는 것은 이것이 다가 아니라는 사실이다.

피아노는 치면 소리가 나는 악기이지만, 친다

고 소리가 다 나는 악기도 아니다. 사람마다 다른 소리를 가지고 있다는 피아니스트들의 말은 허세도 거짓말도 아니다. 같은 피아노도 실제로 연주하는 사람마다 다른 소리가 나기 때문이다. 그 다른 소리의 근원은 건반을 누르는 방법에 있다. 때릴 수도, 누를 수도, 톡 건드릴 수도 있고, 눌렀다가 곧바로 뗄 수도, 다음 건반과 연결할 수도 있으며, 서서히 뗄 수도, 급하게 뗄 수도 있다. 힘을 얼마나 들이고 어떤 속도와 감각으로 건반을 누르느냐에 따라 소리는 완전히 달라진다. 같은 음으로도 짓누르는 소리, 멀리 보내는 소리, 가다가 뚝 떨어지는 소리, 또랑또랑한 소리, 희미한 소리, 깨지는 소리, 점점 커지는 소리(놀랍게도), 사라지는 소리, 경직된 소리, 속삭이는 소리를 표현할 수 있다. 여기에는 피아노의 모든 부품이 관여된다.

그런 소리가 하나둘 모여 곡 전체의 색채를 빚어낸다. 터치마다 묻어 나오는 습관과 연주자가 해석한 곡의 분위기가 마치 지장처럼 찍힌다. 그건 정말로 사람의 목소리와 비슷하다. 각자가 각자의 마음과 몸으로 각자의 피아노를 치고 있다.

즐겨 보는 유튜브 채널 중 호주의 바이올리니스트 두 명이 운영하는 채널*이 있다. 클래식 음악을 주제로 하는 코미디 채널이다. 둘의 친한 친구인 피아니스트 겸 바이올리니스트(세상에!)가 가끔 출연하는데, 이 피아니스트가 피아노 연주를 추천해주는 에피소드에 내가 좋아하는 장면이 있다. 블라디미르 호로비츠가 슈베르트의 즉흥곡**을 치는 도중에 갑자기 소리의 색채를 바꾸는 것을 보고 바이올리니스트들이 충격을 받는 장면이다. 바이올린을 연주할 때는 활의 각도나 무게를 이용하여 색채를 비교적 쉽게 바꿀 수 있지만, 피아노는 (적어도 보기에는) 건반을 누르는 것 말고는 할 수 있는 게 없기 때문이다. 그들이 감탄하며 묻는다. 도대체 저걸 어떻게 할 수 있는 거야? 무슨 일이 벌어지고 있는 거야? 피아니스트는 답한다. ***그 소리를 내기 전에 먼저 머릿속에서 들어야 해.***

이것이 어쿠스틱피아노의 매력이자 나의 두려움이다. 내가 상상하는 소리를 내기 위한 힘과 속도와 터치의 온갖 조합이 가능하다는 것. 내가 소리를 띄우고 싶으면 위로 퍼져 나가는 소리가, 깊게

* 'TwoSetViolin'.

** 4 Impromptus: 3. Impromptu in G flat major, Op. 90 D 899.

깔고 싶으면 바닥에 깔리는 소리가 정직하게 난다는 것. 가끔은 도망치고 싶을 정도로 솔직한 악기라는 것. 나의 확신 없이는 희미한 소리만 웅얼대리라는 것.

디지털피아노는 이런 고민을 허용하지 않는다. 건반을 누르면 녹음된 음이 정해진 메커니즘에 따라 재생된다. 건반을 누르는 세기에 따라 볼륨은 조절되지만 섬세한 뉘앙스는 사라진다. 차라리 마음이 편하다. 정해진 단어로만 글을 쓴다면 이런 기분일까? 하지만 정해진 단어로만 글을 쓰는 것은 너무 답답한 일이다.

나의 오랜 꿈 중 하나는 쇼팽의 발라드 1번을 완곡하는 것이다. 지금도 악보를 보면 처음부터 끝까지 칠 수는 있지만 그건 연주라고 부르기엔 너무 조악하다. 곡을 충분히 분석한 뒤 확신을 가지고 만족할 만한 속도로 치는 일을 '완곡'이라고 부르고 싶다. 하지만 나는 매번 첫 음에서부터 혼란에 빠진다. 왼손과 오른손이 함께 연주하는 강렬한 C. 피아니스트마다 이 소리를 다르게 친다. 선언을 하듯이 시작하는 연주가 있는가 하면 묵직하게 누르면서 시작하는 연주가 있다. 이 첫 음의 소리는 첫 아르페지오의 느낌에서 결정되고, 첫 아르페지오는 첫 파트의 느낌에서, 결국은 곡 전체의 해석에서 결정된다. 은밀히 말을 건넬 것인지, 조금 더 확언하듯 말을 던질 것인지, 나는 아무런 확신도 없이 첫 음을 내본다. 아무도 설득되지 않을 소리가 난다.

*

향유하는 사람보다 참여하는 사람이 그것을 더 사랑할 수밖에 없다. 사랑하지 않고서는 온몸으로 참여할 수가 없다. 혹은 온몸으로 참여하면 더 사랑하게 된다. 그리하여 그것을 속속들이 싫어하고 낱낱이 사랑하게 된다. 글을 읽을 때보다 쓸 때, 춤을 볼 때보다 출 때, 피아노를 들을 때보다 칠 때 나는 구석구석 사랑하고 티끌까지 고심하느라 최선을 다해 살아 있게 된다. 글이 어려운 만큼 글을 사랑하게 된다. 춤이 힘든 만큼 춤을 사랑하게 된다. 피아노가 두려운 만큼 피아노를 사랑하게 된다. 나는 피아노를 사랑하기 때문에 피아노가 두려운 것이다.

절망적인 짝사랑에 빠졌다고 느낀다. 약간 삐걱거리고 멍청하게 군다. 그냥 말을 하면 되는데 무슨 말을 할지 생각하느라 말할 타이밍을 놓친다. 슬

쩍 농담하는 법을 다 까먹고 바들바들 떨면서 농담을 설명한다(안 돼!). 몸에 힘이 들어가고 어깨가 올라간다. 피아노 선생님은 자주 이렇게 말한다. "대충 치세요!" 그래야 소리가 나니까. 아직 충분히 훈련되지 않은 초보자의 팔로 이것저것 꾸며봐야 웅얼거리기만 할 뿐이다. 중력이라는 우주의 법칙과 손가락의 단단한 힘을 믿어야 비로소 소리를 낼 수 있다.

사랑하는 이는 또한 성실해야 한다. 성실하지 않고서는 사랑을 표현할 수가 없다. 혹은 성실하게 표현되지 않는 사랑은 사랑이라고 부를 수가 없다. 나는 사랑은 성실로 증명된다는 원칙에 복무하기 위해 사랑하는 온갖 것에 나의 성실을 바쳐왔다. 어떤 성실은 배신당했고 어떤 성실은 사랑과 함께 증발했고 어떤 성실은 멀어졌다가 다시 돌아왔다. 피아노에 대한 나의 성실은 느슨하지만 끊어지지 않는 성실로, 매일 네 시간씩 바칠 수는 없지만 그렇다고 네 달 이상 쉬지도 않는 종류의 것이다. 다섯 살 때부터 열세 살 때까지, 그리고 스물여덟 살 때부터 지금까지 그래 왔다.

요컨대 나는 마음을 놓고 성실하게 피아노를 치는 이상적인 상태를 꿈꾼다. 긴장하지 않고 열심히 하는, 떨지 않고 최선을 다하는, 웃으며 전력을 쏟아붓는, 여유 있게 전심을 다하는 상태. 글을 쓸 때마다, 영상을 찍을 때마다, 라디오에 출연할 때마다, 무대에 오를 때마다 다짐한다. 괜찮아, 대충 하자, 하지만 열심히 하자. 끝나고 머리를 쥐어뜯으며 생각한다. 괜찮아, 그래도 재밌었고, 열심히 했어.

2019년에 팬미팅에서 두 곡을 피아노로 연주했다. 하나는 드뷔시의 〈달빛〉이었고, 다른 하나는 헬러의 에튀드 작품번호 45의 15번이었다. 내 인생에 언제 수백 명이 모인 곳에서 그랜드피아노로 연주를 하겠나 싶어서 급하게 준비했고, 어쨌든 '약간의' 싱어송라이터이기도 하니까 피아노를 치면서 노래도 두 곡 불렀다. 지금 생각하면 노래를 불렀던 건 하나도 안 부끄러운데 피아노곡을 쳤던 건 자다가도 벌떡 일어날 만큼 부끄럽다. 관객 앞에서 노래를 부르는 건 직업적으로 많이 했던 일이지만 관객 앞에서 피아노만 연주한 것은, 그것도 클래식만 연주한 것은 거의 20년 만이었으니까.

부끄럽다고 해서 그 일을 없었던 일로 하고 싶은 것은 아니다. 나는 부족했고, 부끄러웠고, 행복했다. 손이 달달 떨렸고 심장이 입 밖으로 튀어나올 것 같았다. 자리를 채워준 사람들에게 이런 연주를 듣게 해서 미안하다고 말하고 싶었다(여전히 미안합니다). 하지만 소리는 나고 있었고, 시간은 흐르고 있었고, 곡은 연주되고 있었고, 거기에 마음을 맡겨야 했다. 무대도 관객도 사라지고 오로지 소리와 나만 존재하는 순간들이 있었다. 스타인웨이는 최선을 다해 울림을 전달해주었다. 고맙게도 마음씨 착한 팬들은 끝나고 사인을 받으며 오늘 연주한 곡의 제목이 무엇인지 물어봐주었다. 연주가 좋았다는 긍휼의 멘트도 해주었다.

짝사랑에 빠진 이의 어설픈 연주는 제 나름의 방식으로 근사하다. 조용한 연습실에서 귀로만 듣던 곡을 더듬더듬 연주할 때, 내가 알던 소리가 울려 퍼질 때, 자꾸 틀려서 답답하고 나 자신이 한심해도 그것을 상쇄할 만큼의 기쁨이 있다. 피아노를 사랑하는 모든 사람, 피아노를 사랑해서 피아노를 치는 모든 사람은 이 기쁨 속에서 소리를 듣는 삶의 특권을 가진다. 지금 이 순간에도 세상의 연습실에서는 유창한 쇼팽뿐만 아니라 느릿느릿한 쇼팽도 울려 퍼지고 있다.

아마추어리즘은 어설프게 연주하는 것을 일부러 의도한 미학인 양 포장하지 않는다. 미숙한 연주를 있는 그대로 받아들이고도 충분히 예술로 정의될 수 있기 때문이다. 아마추어 피아니스트의 연주는 의도된 미숙함인지 아니면 진짜로 미숙한 것인지 분간하기 어려울 정도로 그 경계를 넘나든다.*

우리의 느릿느릿한 쇼팽도 예술이며 그 안에는 아마추어의 미학이 있다. 아마추어의 미학이란 유창한 곡 해석을 의도치 않게 배제하는, 악기와 곡에 대한 애정으로 더듬더듬 이어지는 불완전성의 미학이다. 아마추어가 연주하는 곡은 매끄럽고 아름다워서가 아니라 틀리고 더듬거리기 때문에 아름답다. 역설적으로 그 더듬거림이 악기와 곡에 대한 사랑을 의미하기 때문에 아름답다.

내 연주를 좋아했던 팬들은 단순히 내 연주가 근사해서 좋아했던 게 아니라, 내가 피아노를 계속 치고 있다는 사실 자체를 좋아한 것일 테다. 어설픈 연주가 그 자체로 하나의 증명이 된 것이다. 음악에 대한 사랑, 피아노에 대한 사랑, 그것을 지속하려는 의지. 그러므로 내가 소리로 누군가를 설득할 수 있

* 프랑수아 누델만, 『건반 위의 철학자』, 이미연 옮김, 시간의흐름, 2021.

다면 그것은 아마추어의 사랑, 지극한 사랑의 덕이다. 나는 두려워하면서도 계속 피아노를 친다. 마음을 놓고 성실하게 친다. 뚱땅뚱땅 쳐도 소리는 나고, 그거면 된다.

*

피아노는 한 대만으로도 오케스트라의 거의 모든 음역대를 소화해낸다. 해머가 줄을 때리는 방식으로 소리를 내므로 한꺼번에 낼 수 있는 음의 개수에도 제한이 없다. 한 명이라면 최대 열 손가락, 두 명이라면 최대 스무 개의 손가락이 연주할 수 있을 테고, 페달을 이용해 음을 지속시킬 수도, 볼륨과 음색을 바꿀 수도 있다. 4성부의 합창을 한 사람이 연주할 수 있고 오케스트라의 교향곡을 한 대로 연주할 수 있다. 이 화려한 독주 악기는 다른 악기의 도움 없이도 거대한 세계를 만들어낸다.

어디서나 손쉽게 음악을 들을 수 있는 것은 지극히 현대적인 일이다. 궁정이나 교회에서만 음악을 연주하던 때가 있었고, 음악가의 공연에 찾아가야만 음악을 들을 수 있던 때가 있었다. 그런 시대에 건반악기의 발달은 음악이 집집마다 스며드는 데에 결정적인 기여를 했다. 18세기 프랑스를 배경으로 하는 영화 〈타오르는 여인의 초상〉에는 음악 공연에 간 경험이 있는 마리안느가 엘로이즈에게 하프시코드를 쳐주는 장면이 등장한다. 비발디의 교향곡인 〈사계〉 중 여름 3악장이다. 원래 오케스트라가 필요한 이 곡은 하프시코드 한 대만으로도 재현이 가능하기에, 마리안느의 경험은 엘로이즈에게 메아리처럼 전달된다. 시간이 흘러 피아노가 하프시코드의 자리를 차지하며 이 역할을 이어받았다. 리스트는 베토벤의 교향곡 전곡을 피아노 버전으로 편곡함으로써 교향곡을 피아노곡의 형태로 일반 가정에 보급하는 데에 일조했다. 다른 악기로는 이 정도 크기—집 안에 들어가는—에 이만큼의 오케스트라 재현도를 가지기 어려웠을 것이다.

피아노는 또한 다른 악기를 빛낸다. 성악가의 반주로, 바이올린의 반주로, 클라리넷과 플루트의 반주로 곡을 든든히 받친다. 피아니스트는 소리를 부드럽게 낮추었다가 크게 울렸다가 하면서 주인공이 되는 악기를 감싸 안고, 소개하고, 던지고, 다시 받아낸다. 어떤 곡들은 두 악기가 대화하기를 요구한다. 피아노와 바이올린이 말을 주고받는다. 피아노가 물으면 바이올린이 답하고, 바이올린이 물으면 피아노가 답한다. 둘의 호흡이 정확히 들어맞을 때 느껴지는 쾌감. 이 구절을 쓰면서 나는 손열음과 클라라 주미 강이 함께 연주한 브람스의 바이올린 소나타 작품번호 108의 3번의 4악장을 떠올리고 있다.

피아노는 오케스트라의 모습으로, 반주자의 모습으로, 그리고 피아노의 모습으로 다가온다. 나는 피아노의 소리 속에서 분주히 움직이는 그 많은 손을 본다. 연주하는 손과 그렇지 않은 손을 본다. 촬영된 손과 녹음된 손, 동료와 악수하는 손, 손수건을 말아 쥐는 손, 혼자 연주하는 손, 함께 연주하는 손, 그 어디에서든 제 몫을 해내는 손을 본다. 어쩌면 나는 욕심이 많아서 대책 없이 피아노를 좋아하나 보다. 그 어디에서든 제 소리로 할 일을 하는 게 부러워서. 나의 어리석은 욕심을 피아노는 하나의 욕심 없이 해내는 것을 보면서.

*

이렇게 이야기하지만 나는 피아노를 잘 모른다. 나는 피아노를 전공하지도 않았고, 하다못해 음악을 전공하지도 않았으며, 피아노를 프로페셔널 피아니스트처럼 연주하지도 못하고, 피아노 연주를 평론해본 적도 없으며, 클래식 마니아들만큼 앨범을 꿰고 있지도 못하다. 하지만 피아노를 즐겨 연주하고, 음악을 만들어 발표한 이력이 있으며, 클래식 공연에 자주 가고, 음악을 들을 기회가 있으면 늘 클래식 피아노 앨범을 듣는다. 피아노 연습실에서 울려 퍼지는 음악이 무엇인지 안다. 텔레비전 프로그램에서 사용되는 곡이 어떤 곡인지 안다. 나는 연주자와 애호가와 전문가 사이 어딘가에서 피아노를 즐긴다. 방과 방 사이의 복도, 늘 거기가 나의 자리이다.

걸어 들어가기

내 인생에 처음 피아노가 등장하는 때는 세 살 무렵으로 거슬러 올라간다. 아니, 세 살 때부터 피아노를 쳤다는 게 아니라 남아 있는 가장 오래된 기록이 그때의 기록이라는 것이다. 왠지 이미지에 어울리지 않게 손위로 언니가 있는데, 나보다 여덟 살이 많은 언니도 그 시절의 유행에 힘입어 어릴 때 피아노를 배웠다. 그리고 내 역할은 그 옆에서 나도 피아노 의자에 올려달라고 땡깡 부리기이다.

사진 속에서 언니는 난처한 표정으로 카메라를 바라보고 있다. 보면대에는 악보가 펼쳐져 있고, 언니는 피아노를 치다 막 뒤돌아본 것 같은 모습이다. 그 옆, 아니 아래에서는 피아노 의자와 키가 비슷한 내가 울고 있다. 으아앙, 나도 올려줘, 나도 칠래. 어찌나 서럽게 우는지 사진만 봐도 울음소리가 들리는 듯하다. 그래서 올려줬는가? 결말이 어떻게 되었는지는 확실치 않으나 그런 표정으로 울어젖혔으면 달래기 위해서라도 올려줬을 것 같다.

왜 그렇게 피아노에 집착했을까. 잘 모르겠다. 언니가 하는 건 다 하고 싶었나 보지. 혹은 나도 유수의 신동들처럼 특별한 애정과 능력이 있었을지도 모른다. 어차피 다 지난 일이니까 그렇게 믿어도 뭐 상관없다. 아니면 그냥 높은 의자에 앉고 싶었거나, 우아하고 고풍스러운 장식에 끌렸거나, 누르면 소리가 나는 기계가 신기해서였을 수도 있다. 어떤 이유였든지간에 뭐 중요한가? 아니, 중요했을 수도 있다.

실제로 피아노를 처음 친 건 다섯 살 때였다. 대구에서 태어나 여섯 살 때 서울로 올라온 나는 대구에서 어린이집이 아닌 피아노 학원에 다녔다. 지금 대구에 대해 남아 있는 일상적인 기억이라고는 아파트 단지의 길목에서 팔던 떡꼬치가 맛있었다는 것과 매번 내가 떡꼬치를 사러 심부름을 다녀왔다는 것, 그리고 엄청나게 더웠다는 것 정도밖에는 없다. 하지만 다섯 살 때 고운 드레스를 입고 학원 연주회에서 발이 닿지도 않는 의자에 앉아 연주를 했던 특별한 사건은 기억하고 있다. 연주회 참가자 중에서 가장 어린 나이였고, 그래서 언니들이 많이 안아줬다. 꼬불꼬불한 머리를 하고 안경을 썼던 학원 선생님도 기억난다. 그때 뭘 쳤더라. 피아노를 배운 지 얼마 되지 않았을 때니까 대단히 어려운 곡은 아니었을 것이다. 그래도 나는 단상에 뽀짝뽀짝 올라갔고, 뭔가를 연주했고, 인사를 했고, 내려왔다. 발이 닿지 않아 다른 언니들처럼 멋지게 페달을 밟을 수 없다는 걸 조금 아쉬워했던 기억도 난다.

이듬해 서울로 이사를 했다. 삶의 터전이 크게 바뀌어 정신이 하나도 없을 엄마에게 당당히 서울에 온 첫 소회를 밝혔다. "나 피아노 학원 가고 싶어. 피아노 학원 보내줘."(잠깐, 대구 사투리로 다시 읽어야 한다.) 엄마는 알았다고, 피아노 학원을 알아보겠다고 했고, 얼마 후 나는 집에서 가까운 피아노 학원을 다니게 됐다. '브람스 피아노'. 나는 브람스가 사람 이름인 것도 몰랐다. 하지만 그곳이 나의 안식처라는 것은 알았다.

지금도 그 학원의 구조와 분위기까지 기억이 난다. 문을 열고 들어가면 거실 같은 공간이 있고, 그 공간을 둘러싸듯 양쪽에 연습실이 여러 개 있다. 각 방에서 뚱땅대는 소리가 희미하게 섞여 들린다. 들어가서 곧바로 왼쪽에 있는 연습실에서는 창문으로 바깥의 큰길이 보인다. 반대로 현관에서 가장 먼 구석의 연습실 바로 앞에는 물 마시는 곳이 있다. 한창 콩쿠르를 준비할 때 그 구석의 연습실은 늘 내 차지였다. 물 마시는 곳 왼쪽에 원장실 겸 상담실이 있다. 그 상담실에서의 대화가 자동으로 되감아지는 비디오처럼 내 머릿속 한편에 재생되곤 한다.

"당연히 피아니스트 시키실 거죠?"

"…."

원장님의 가벼운 물음과 엄마의 착잡한 표정. 되감기. 원장님의 가벼운 물음과 엄마의 착잡한 표정. 외출했다가 동네 멀리서 피아노 학원 선생님이 보이면 내 손을 잡고 골목으로 숨던 엄마. 이따금 밀리던 학원비, 원장님이 눈감아준 마스터클래스 비용.

저 대화가 이뤄진 시점이 콩쿠르 이전이었는지 이후였는지는 모르겠다. 원장님은 음악교육신문사 콩쿠르를 권했다. 학교가 끝나면 곧장 피아노 학원에 달려가 몇 시간씩 연습을 했다. 모차르트 소나타 17번 작품번호 570. 지금도 눈을 감으면 그 곡을 머릿속으로 재생할 수 있다. B플랫 장조의 경쾌한 3박자 곡이 생생하게 머릿속에서 울려 퍼진다. 몇 달 동안 같은 곡을 연습하고 있었는데 콩쿠르 보름 전 기준이 발표되었다. 곡을 바꿔야 했다. 클레멘티의 소나티네 작품번호 36의 6번으로 곡을 변경했다. 2주 동안 새로운 곡을 익히고, 외우고, 매일같이 연습했다. 떨면서 무대에 올라 상을 받았다. 연주를 마치고 결과를 기다리면서 밥을 먹던 자리의 숨 막히는 공기가 기억이 난다. 아니, 결과가 나온 후였던가? 원장님은 2주 연습해서 이 정도 한 건 대단한 거라고 기쁘게 말했지만, 엄마는 이번에도 침묵했다.

사실 그 콩쿠르 무대보다 더 생생히 기억나는 건 그 뒤에 있었던 일이다. 연말에 있을 학원 발표회에서 콩쿠르 때 연주한 곡을 포함해 몇 곡을 연주하기로 했다. 레슨을 받느라 선생님 앞에서 신나게 연주하고 있는데 오른쪽에서 나를 물끄러미 보고 있던 선생님이 갑자기 웃었다. 왜 웃냐고 물었지만 선생님은 대답하지 않았는데, 나는 선생님이 왜 웃었는지 안다. 내가 온 힘을 다해 열정적으로 연주하고 있었기 때문이다. 그 작은 두 손과 두 발, 온몸을 다 써가면서, 온갖 표정을 지으면서, 피아노에 다가갔다가 멀어졌다가 하면서. 선생님이 그때 웃으면서 "이런 거구나"라고 말했기 때문에 나는 그것을 알고 있다. 프로페셔널 피아니스트처럼 온몸으로 집중해서 연주하던 아홉 살 어린이가 그것을 기억하고 있다.

그 뒤의 이야기는 뻔하게 진행된다. 원장 선생님은 나를 피아니스트로 키우고 싶어 하고, 엄마는 그럴 생각이 없고, 결국 나는 몇 년 뒤 클래식 피아노와 작별한다. 우리 집은 계속 이사를 다니고, 나는 슬픔과 공포 속에서 하루에 열두 시간씩 공부를 하다가, 마침내 대학에 들어간다. 디 엔드.

사실 이게 끝은 아니다. 당연히, 모든 게 끝은 아니다. 이 글은 그 말을 하기 위해 쓰였다. 어쩌면 내 모든 글은 그 말을 하기 위해 쓰이고 있는지도 모른다. 고등학생 때 무작정 문화센터의 문을 두드렸다. 선생님은 스케일*을 쳐보라고 했고, 내 연주를 듣고서는 너는 베토벤이 어울리겠구나, 라고 말했다(베토벤에게서 생의 의지를 수혈받던 청소년 김겨울은 속내를 관통당한 것 같은 기분을 느꼈다). 오랜만에 치는 거니까 일단 다른 스타일로 시작해보자며 선생님은 슈베르트를 권했다. 슈베르트를 치다가 포기했다. 전처럼 칠 수가 없었다. 손이 도통 말을 듣지 않았다. 이미 너무 늦었다고 생각했다. 남들은 예술고등학교에서 날고 기는 곡들을 치고 있을 텐데. 피아노를 마음속에서 떠나보냈다. 아주 많이 울었던 기억이 난다.

하지만 여전히 그게 끝은 아니다. 집에서 치던 피아노마저 이사를 하며 팔 때, 중학생이었던 나는 기어이 디지털 건반을 사달라고 졸랐다. 대입이 끝나고 스무 살이 되자마자 기타를 샀고, 곡을 쓰기 시작하면서 건반도 다시 쳤다. 학원을 다니며 재즈

* 한 조성을 이루는 음을 으뜸음부터 순서대로 연주하는 것.

피아노를 배웠고, 공연장을 돌며 직접 쓴 곡으로 노래를 할 때는 늘 건반으로 간단한 반주를 했다. 그것은 클래식 피아노로 차마 돌아갈 수 없었던 나의 회피였을지도 모르지만, 어쨌든 나는 음악의 곁을 어떻게든 맴돌고 싶어 했다. 그리고 오랜 시간이 흘러 클래식 피아노를 다시 시작했고, 피아노에 대한 글까지 쓰고 있다. 당연히, 모든 게 끝은 아니니다.

2017년 여름 내내 상담을 받았다. 상담 선생님에게 내 인생은 실패라고 이야기했다. 오랜 시간 이를 악물고 버텼는데 돌아보니 아무것도 없었다고 말했다. 내가 성취한 것 중 내가 성취하고 싶었던 것은 없었다. 내가 성취하지 못한 것은 온통 성취하고 싶었던 것들뿐이었다. 잃어버린 시간, 잃어버린 열정, 잃어버린 감정 앞에서 나는 속수무책이었다. 2017년 8월에 이렇게 썼다. "내가 뭘 할 수 있었을까. 조금 일찍, 그것보다 더 일찍, 결심해야 했던 순간들을 계속 앞으로 돌려본다. 하지만 나는 매 순간 내가 할 수 있는 최선의 선택을 했다. 그 결과로 나에게 남은 것은 아무것도 없다."

상담 선생님에게 말했다. 이제 저는 제가 사랑하는 그 무엇으로도 성취를 할 수 없어요. 이제 와서 뭘 어떻게 하겠어요? 선생님은 집요하게 질문했다. 지금 시작하면 의미가 없을까요? 꼭 성취를 해야 하나요? 다른 의미의 성취를 할 수도 있지 않을까요? 혹은 그저 하는 것 자체에 의미가 있지 않을까요? 그 집요한 문답 사이에서 나는 나의 제유(提喩)—피아노라는 한 점에 내가 포기한 모든 것을 몰아넣는 일—를 이해했고, 이제는 더 이상 삶을 한 가지 회한으로만 정의할 필요가 없다는 사실도 이해했다. 어차피 피아노를 그만둔 일 말고도 놓쳐버린 것은 아주 많다. 다른 많은 삶이 그렇듯이.

피아노는 내 삶의 모든 것이었다가, 순식간에 빠져나갔다가, 느릿느릿 돌아왔다. 피아노를 치기 위해 돈을 버는 날들이 있었다. 피아노를 치다가 우는 날들이 있었다. 꼭 피아노여야만 했던 것은 아니다. 나는 피아노를 어떤 상실의 상징으로서, 될 수 있었으나 될 수 없었던 것, 고통스럽게 내놓아야 했던 모든 것의 반영으로서 받아들였다. 그것은 사실이 아니다. 그것은 어디까지나 내가 삶을 돌아보면서 피아노에 부여한 역할이다. 그러나 거기에는 근거가 없는 것도 아니다. 내가 조직한 내 삶의 서사에서 피아노는 빠질 수 없는 주춧돌로 서 있다. 한 개인의 정체성이 그의 서사에 기반하고 있다면, 나의 정체성의 일부분은 피아노라는 하나의 존재, 그 물

건과 물건에 얽힌 무수한 이야기로 이루어져 있다.

피아노의 몸

팔이 길고 손이 크다. 팔 길이로는 발레 선생님, PT 선생님, 피아노 선생님에게 모두 "팔이 정말 길군요!"라는 말을 들어 3관왕을 달성한 이력이 있다. 손 크기로는 여자 중학교를 다녔을 때 친구들이 내 손을 가져다가 자기들 볼에 대면서 남자 손 같다고 좋아했던 이력이 있다(지금 생각하니 귀엽다). 가족 구성원 네 명 중 가장 긴 팔과 큰 손을 가진 나는 손을 바라보며 그 안에 들어 있을 선천성과 후천성을 가늠해보곤 한다. 어디까지가 물려받은 것이고 어디서부터가 길러진 것일까. 절반 정도는 DNA에 잠재되어 있었겠지. 나머지 절반은 피아노 덕분일까? 혹은 발레나 농구나 피구? 피아노를 치지 않았다면 손이 지금보다 작았을까? 내 손은 피아노가 빚었다는 생각 때문에 피아노를 관두고 나서는 손을 의식적으로 관찰하는 것을 고통스러워하곤 했다. 하지만 돌이켜보면 그것은 착각이었던 것 같다.

길고 고운 손가락이 곧 피아니스트의 손가락을 의미하지는 않는다. 피아노를 친다고 꼭 손가락이 길어지는 것도 아니고, 길고 고운 손가락이 오히려 연주에 방해가 될 수도 있다. 끝이 좁아지는 손가락은 보기에는 좋지만 건반 위에서 안정성이 떨어진다. 얇기만 한 손가락은 몸의 힘을 피아노에 온전히 전달하지 못한다. 그래서인지 많은 피아니스트가 부채처럼 펼쳐지는 손바닥과 단단한 손가락, 넓적한 손끝을 지니고 있다. 특히 손끝은, 조금 과장하면, 개구리 발 같기도 하다. 그런 손을 가진 사람들이 피아니스트로서 성공할 수 있는 것인지도 모른다. 마르타 아르헤리치나 유자 왕처럼 파워가 넘치는 피아니스트의 연주 영상을 보라. 연약한 손가락이었다면 진작 골절되고 부서졌을 것처럼 건반을 두드린다.

레슨을 받다가 하소연한다. 손가락이 조금만 더 길면 좋겠어요, 손이 조금만 더 크면 좋겠어요. 그럴 때마다 선생님은 나를 타박한다. 겨울 씨가 저보다 한 마디나 더 긴 거 모르세요? 선생님은 나보다 작은 손으로 나보다 멀리 떨어진 건반을 잡는다. 그렇지. 욕심 부릴 것은 없다. 나의 손은 충분히 크다. 큰 음량을 내줄 긴 팔도 준비되어 있다(오히려 그것이 나를 얼마나 회한에 빠트렸던가). 중요한 것은 손 크기가 아니다.

다시 클래식 피아노를 배우면서 몇 번의 굳은살이 손끝을 다녀갔다. 손끝이 팔 무게를, 더 나아가 몸의 무게를 감당할 수 있을 정도로 단단해야 제대로 된 소리를 낼 수 있다. 팔을 천천히 들어 올린

다음 건반 위로 손가락 하나를 뚝 떨어뜨린다. 손가락은 건반 위에 우뚝 서 있지만 팔은 완전히 이완된 상태, 팔의 모든 무게를 오로지 손가락과 손끝으로 받아내는 상태다. 계속 반복한다. 손끝이 아리다. 살이 갈라진다. 하지만 편안하게 피아노를 치던 감각이 조금씩 되돌아온다. 내가 낼 수 있는 가장 큰 소리를 알게 된다. 목과 승모근에서 힘을 빼고 팔을 중력에 맡기는 방법을 알게 된다. 팔과 손가락의 감각을 분리하는 방법을 알게 된다. 손가락이 어떤 각도여야 가장 단단한 소리가 나는지 알게 된다.

성인이 되어도 손은 변한다. 제대로 된 타건 지점을 알게 되면서 손끝의 손톱 라인이 대각선에서 직선으로 바뀌어간다. 타고나기를 안쪽으로 휜 새끼손가락은 조금씩 펴진다. 손바닥이 더 많이 펼쳐진다. 이제는 팔에서 완전히 힘을 빼고 손가락을 건반에 던져도 굳은살 없는 손끝이 아프지 않다. 손가락에 달린 근육을 하나하나 집중해서 쓸수록 몸은 더 예민해진다. 피아노곡을 들으며 손가락 터치를 '본다'. 피아니스트의 손가락 끝이 건반과 닿는 감촉을 느낀다. 나는 여전히 변할 수 있다. 나는 여전히 변하고 있다.

이 책을 쓰는 시점을 기준으로, 오른손 가운뎃

손가락 끝부터 손바닥 아래 선까지 18센티미터가 조금 넘는다. 오른손을 최대한 크게 펼쳤을 때 엄지손가락에서 새끼손가락까지의 직선 길이도 마찬가지로 18센티미터가 조금 넘는다. 원래는 그보다 작았는데 늘어났다. 옥타브를 잡기도 버거웠던 손인데, 지금은 9도*를 잡을 수 있고 최대한 벌리면 10도**를 아슬아슬하게 칠 수 있다(그 상태로 연주는 불가능하지만). 아직 손바닥이 다 펼쳐진 게 아니라서 레슨을 계속 받고 손이 더 풀리면 10도까지 연주가 가능할 수도 있다고 했다. 피아니스트들도 10도를 치지 못하는 경우가 많으니 이만하면 괜찮은 편이다. 왼손 가운뎃손가락 끝부터 손바닥 아래 선까지의 길이도 18센티미터를 약간 넘긴다. 왼손을 최대한 크게 펼쳤을 때 엄지손가락에서 새끼손가락까지의 직선 길이는 대략 17센티미터. 왼손은 충분히 펼쳐지지 않았지만 시간이 지나면 왼손도 더 좋아질 것이다. 내가 노력하기만 한다면. 그리고 이렇게 말할 수 있어서 얼마나 기쁜지 모른다.

* 도에서 다음 옥타브 레까지의 거리.

** 도에서 다음 옥타브 미까지의 거리.

*

피아노는 내 뇌의 어떤 부분을 영원히 바꿔놓았다. 나는 그것을 아주 선명하게 느낀다.

나에게는 피곤함을 감지하는 청각적 기준이 두 가지 있다. 하나는 음악의 속도고 다른 하나는 음악의 게이름이다. 분명히 듣고 듣고 또 들은 음악을 듣고 있는데 유난히 빠르게 느껴질 때가 있다. 이 곡이 이렇게 빨랐나? 당연히 레코딩이 갑자기 변했을 리는 없고 그건 내가 느려졌다는 말이다. 평소처럼 작동을 못 하니 같은 속도의 음악도 내 마음의 속도보다 빠르게 흘러가버린다. 반대로 내가 정력적일 때는 같은 곡도 느리게 느껴진다.

음악의 게이름 문제는 조금 더 분명하다. 현악기를 연주한 건 아니니까 헤르츠(Hz) 단위까지 정교하게 듣진 못해도 악기의 튜닝*이 낮게 되었는지 높게 되었는지 정도는 알고, 뭔가를 들으면 — 뭔가가 파드득 부서지는 소리처럼 음이 거의 없는 소리가 아니라면 — 그게 무슨 음인지 곧바로 안다. 글을 쓰고 있는 지금 조용한 집에 깔린 냉장고 소리는

* 악기의 음높이를 기준이 되는 진동수에 맞추는 일.

D♭ 언저리에 있다. 창밖에서 들려오는 구급차의 사이렌 소리, 갑자기 울리는 차의 경적 소리, 누군가의 휴대폰 벨 소리, 버스의 하차 벨 소리, 에어컨 리모컨 소리, 세탁이 완료되었다는 알람 소리. 그 소리들은 각자의 음을 붙이고 나에게 흘러들어 온다. 숲을 거닐면 각자의 계이름으로 노래하는 풀벌레들.

'음을 안다'는 건 좀 이상한 감각이다. 음이 말소리로 들린다. 정확히는 다장조*를 기준으로 했을 때의 계이름(도, 레, 미, 파, 솔, 라, 시, 도)이 들린다. 어떤 조표에서든 D음이 연주되면 '레'라는 말소리로 들리는 식이다. 멜로디를 들으면 그 위에 덮어쓴 듯 멜로디의 계이름이 함께 들린다. 짐작건대 거의 즉각적으로 뇌에서 변환이 일어나는 것 같다. 튜닝이 맞지 않거나 현악기에서 정확한 음이 연주되지 않으면 말소리도 덩달아 우물우물하는 소리로 들린다. 표현하긴 어렵지만 D가 1/4음 정도 낮아져 있으면 '레'는 '레'인데 대충 '레엑(번역: 음… 좀 낮은 레네…)' 정도의 느낌으로 들린다.

샵(#)이나 플랫(♭)이 붙은 음도 같은 말소리로 들리기 때문에, 너무 피곤한 날에는 이를테면

* C(다)음을 으뜸음으로 하는 장조.

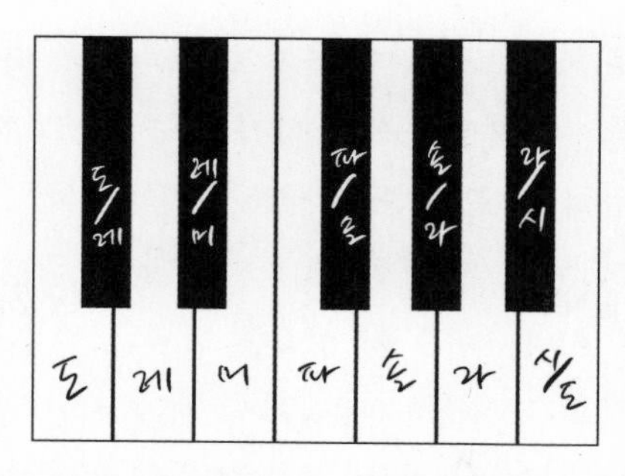

귀에 들리는 소리. 검은 건반은 조표에 따라 둘 중 하나로 들리고,
조표는 말소리로는 들리지 않지만 듣는 순간 바로 알 수 있다.

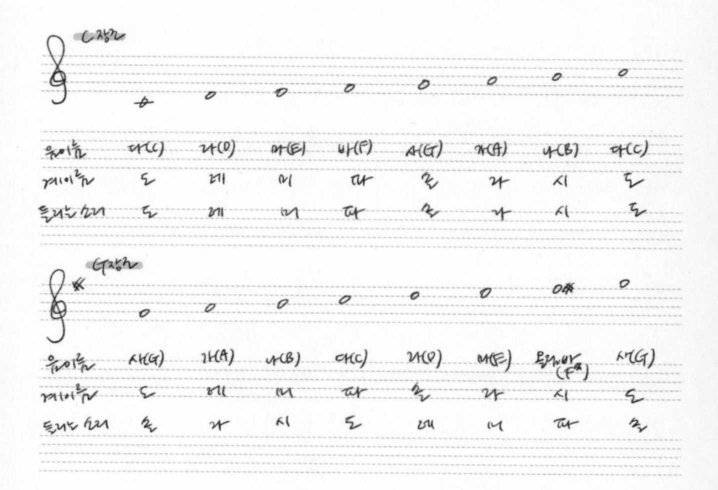

음이름은 각 건반에 할당된 고정된 이름,
계이름은 조에 따라 정해지는 이름이다.

E♭장조가 E장조로 인식되기도 한다. 둘 다 스케일로 따지면 '미파솔라시도레미'라는 말소리로 들리기 때문이다. 3초 정도 E장조로 듣다가 '…?' 상태가 되면서 뇌가 재설정에 들어갔다면 그날은 피곤하다는 신호다. 뇌가 평소보다 조금 느려 재설정 과정도 관찰할 수 있는데(그래 봤자 1초도 되지 않는 시간이지만), 가상의 피아노 건반이 머릿속에 떠오르면서 각 건반에 할당된 음이 정리된다. 보통 C음이 울리면서 나머지가 곧바로 재설정된다.

실시간으로 진행되는 이 과정을 멈출 수가 없어 책을 읽거나 쓸 때 음악을 잘 듣지 못한다. 가사가 없는 연주곡을 들어도 곡 전체가 계이름*을 읊는 말소리로 가득 차고 만다. 마치 각자 자신의 계이름으로 노래를 부르는 악기들의 목소리를 듣는 것 같다. 큰 소리로 연주되는 멜로디는 더 잘 들리고, 작은 소리로 연주되는 멜로디는 집중해서 들어야 어떤 음인지 들린다. 큰 목소리로 말하는 사람의 말이 더 잘 들리는 것과 같다. 마찬가지로 빠르게 말하는 사람의 말소리를 알아듣기 어렵듯이, 빠르게 지나

* 엄밀히 말하면 '다장조 기준의 계이름'이지만, 편의상 계이름이라 쓴다.

가는 음들은 계이름이 들리기 전에 우르르 지나간다. 가사가 있는 음악을 들을 때는 가사에 가려 음의 말소리는 잘 들리지 않는다.

사람들은 책 읽고 쓰기를 업으로 삼는 데다 음악에도 조예가 있는 것처럼 보이는 나에게 책을 읽을 때 듣기 좋은 음악을 추천해달라고 하지만, 나는 책을 읽으면서 음악을 듣지 못하기 때문에 어디까지나 간접적인 경험에 근거해 추천을 할 수밖에 없다. 어떤 책과 어떤 음악의 분위기가 어울리는지는 알아도 그것이 동시에 어떤 효과를 내는지는 잘 모른다. 음악을 틀어놓고 책을 읽다 보면 와글와글하는 글자들이 영역을 다투어가며 머릿속에 꽉 찰 뿐이다.

어쩌면 내가 바이올린곡을 피아노곡보다 즐기지 못하는 이유도 이것과 관련이 있을지 모른다. 조율만 잘 되어 있다면 음정에 대한 걱정 없이 들을 수 있는 피아노곡과 달리 직접 음을 짚는 현악기의 경우 연주자의 재량으로 음높이를 세밀하게 조정할 수 있기 때문이다(물론 실수로 음을 살짝 낮거나 높게 짚을 수도 있다. 바이올리니스트를 괴롭히는 방법 중 하나가 인토네이션*을 지적하는 것이라던데 왠지 조금 미안한 마음이 든다). 하지만 거꾸로 생각하면 내가 현대식 피아노에 길들었기 때문에 이런 취향을 갖게 되었다고 이해할 수도 있다. 피아노곡이라고 해도 튜닝이 낮게 된 옛날 피아노로 연주하면 자주 듣지 못하기 때문이다. 대표적인 예로 슈베르트 소나타를 녹음한 언드라시 시프의 2015년 음반이 있다. 이 음반은 요제프 브로드만이 1820년대에 제작한 피아노로 녹음되었는데, 튜닝 기준이 지금보다 낮았던 시기의 피아노라 들을 때마다 첫 음에서 뭔가 잘못되었다는 듯 흠칫 놀라곤 한다.

각각의 음은 색과도 연결되어 있다. 나에게 G음은 푸른색의 음이다. C는 갈색의 음이다. B는 회색, B♭은 은색이다. 다른 악기보다 피아노로 연주되었을 때 색채가 더욱 선명하게 느껴진다. 플랫이 많이 들어가는 조성(예를 들면 D♭장조**)은 더 부드러운 빛이라고 느끼고, 샵이 많이 들어가는 조성(예를 들면 B장조나 E장조)은 더 각지고 쨍하다고 느낀다. 각각의 음과 음악이 지니는 다른 색채 때문에 조바꿈을 좋아하지 않는다. 조바꿈을 하는 순간 그 음악

* 음높이의 정확도.

** D♭(내림 라)음을 으뜸음으로 하는 장조. 플랫이 무려 다섯 개가 붙어 있다.

이 가지고 있었던 특별함이 실종된다고 느낀다. 올리버 색스가 쓴 『뮤지코필리아』에서 신경과학자 대니얼 레비틴과 음향 엔지니어 수잔 로저스는 조바꿈에 대해 이렇게 말한다.

> 그 기분을 비유해보자면 이렇다. 시장에 갔는데 일시적으로 시각 처리에 장애가 생겨 바나나가 온통 오렌지색으로 보이고 상추가 죄다 노랗게, 사과가 자주색으로 보인다고 상상해보라.*

당혹스러운 일이다. 나는 종종 이러한 색채와 음의 연관 관계가 어렸을 때 받은 피아노 교육의 영향이 아닐까 의심하곤 했다. 사실 이건 착각이 아닐까? 학원 피아노 교재에서 그런 색을 반복적으로 썼던 걸 연상하는 건 아닐까? 하지만 『뮤지코필리아』에 따르면 음과 색을 연결시키는 것은 절대음감을 가진 사람들에게 종종 나타나는 현상이라고 한다. 다른 사람도 나와 같은 색을 느끼는지 궁금해 논문을 몇 개 찾아보았다. 1987년에 나온 논문에 겨우 네 명의 참여자가 답한 내용이긴 하지만 같은 음

* 올리버 색스, 『뮤지코필리아』, 장호연 옮김, 알마, 2012.

을 두고도 다른 계열의 색을 느끼는 와중에 D음만은 모두 갈색 혹은 노란색이라고 답해 반가웠다. 나에게도 D음은 진한 노란빛이기 때문이다. 라흐마니노프의 자서전에서 스크랴빈과 림스키 코르사코프가 음과 연상되는 색에 대해 나눈 이야기를 보면 둘 모두 D장조에서는 금빛 갈색을 연상했다고 한다(물론 그 밖의 음들은 믿기지 않을 정도로 모두가 달랐다. 아마 D음도 조사해보면 다르게 느끼는 사람이 많을 것이다).

나는 왜 이런 인간이 되었을까? 나의 세계는 어쩌다 이런 모양이 되었을까? 고고학자 스티븐 미슨은 네안데르탈인이 절대음감을 가지고 있었을 것이며, 인간 신생아도 절대음감을 가지고 있다가 언어를 배우면서 이 능력을 잃어버릴 것이라고 추측한다. 절대음감의 발달에 있어 결정적인 시기인 다섯 살 전후는 언어능력이 발달하는 시기와 매우 유사하기 때문이다. 높낮이가 정해진 성조 언어를 배우는 집단에서 절대음감을 가진 사람의 비율이 높다는 연구도 있다. 이런 추측과 연구가 만약 타당하다면 언어능력이 완성되기 전 음높이에 대한 교육을 받으면 절대음감이 형성(혹은 유지)될 확률이 높다. 그렇다면 다섯 살 때부터 받은 피아노 교육은 나의 소리 세계를 건축하는 데에 큰 영향을 주었을 것이다.

나의 세계는 소리로 가득 차 있다. 다섯 살 이래로 음정은 언어의 자리로 슬며시 들어와 등나무처럼 결합했다. 나는 평생 소리와 함께 살았고, 지금도 무수한 소리를 듣는다. 소리는 음이 되고 음이름이 되어 뇌에 잠시 머물렀다 사라진다. 그것은 색이 되어 잠시 뇌를 물들이고 사라지기도 한다. 이 모든 것은 피아노의 유산이다. 나는 피아노를 배움으로써 돌이킬 수 없는 세계를 가진 인간이 되었다.

피아노의 영혼

피아노도 그 사실을 알고 있을까? 자신이 나를 영원히 바꿔버렸다는 사실 말이다.

피아노에는 의식이 없지만, 연주자들은 피아노에 의식이 있는 것처럼 군다. 그들은 피아노가 '살아 있다'고 말한다. 정말이지 그렇다. 완성된 피아노는 저마다 다른 성격을 가지고 있다. 어떤 피아노는 강건하고 어떤 피아노는 부드럽다. 섬세하고 까다로운 개체가 있는가 하면 포용력이 좋은 개체도 있다. 피아노는 연주자가 부르면 화답하며, 상상하면 들려준다. 피아노의 몸은 움직이지 않아도 영혼은 연주자에게 말을 건다. 그 말을 잘 알아듣고 협의를 잘 해내는 연주자는 좋은 공연을 보여준다.

뉴욕에 위치한 스타인웨이 공장에서는 하루에 열 대 정도의 피아노가 생산된다. 한 대를 만드는 데에 1년여가 소요된다. 20세기를 거치며 피아노는 대량생산의 영역으로 넘어갔지만 최상위급 피아노들은 여전히 숙련공의 수공업을 거친다. 각 부분에 쓰인 나무에 따라, 그것을 다루는 사람들의 손길에 따라 피아노는 다른 생명을 획득한다(그래서인지 대량생산된 피아노조차도 미묘하게 다른 성격을 지닌다).

> 81번 부품의 품질은 피아니스트로 하여금 K0862를 사랑하게 할 수도 있고 증오하게 할 수도 있다. (…) K0862가 다른 피아노들과 뚜렷이 구별되는 음색적 특징을 지닌다면 그것은 피아노를 구성하는 다른 수천 개의 부품보다 단연 81번 부품 덕이다. K0862가 의지 강한 달변의 피아노가 되는 것도(그렇다면 라흐마니노프나 차이콥스키, 히나스테라에 적격일 테다), 따뜻하고 부드러우며 유순한 피아노가 되는 것도(그렇다면 하이든이나 모차르트, 슈베르트 작품 연주에 더 어울릴 것이다), 81번 부품에 의해 좌우된다.*

그렇다 보니 피아노의 성격에 따라 어울리는 곡도 달라진다. 하프시코드가 많이 쓰이던 시대의 곡이 어울리는 단정한 피아노가 있고 쇼팽과 리스트의 시대에 어울리는 화려한 피아노가 있다. 어떤 피아니스트는 여러 대의 피아노를 준비해두고 자신이 콘서트에서 연주할 레퍼토리에 따라 피아노를, 혹은 건반 부품을 가지고 간다(흔한 일은 아니다).

* 제임스 배런, 『스타인웨이 만들기』, 이석호 옮김, 프란츠, 2020.

심지어 같은 피아노라고 해도 환경에 따라 다른 소리를 들려준다. 추운 날에는 금속 부품이 오그라들고 습한 날에는 나무가 물기를 먹어 둔해진다. 2019년 겨울, 피아니스트 유키 구라모토가 '겨울서점' 채널에 나오기로 한 촬영 날, 공연기획사 측에서 빌려온 그랜드피아노는 추운 날씨 때문에 꽝꽝 얼어 있었다. 조율사가 피아노의 상태를 보더니 두 시간은 기다려야 한다고 했다. 그래야 피아노도 몸이 풀리고 조율이 될 테니까. 그렇게 조율하고도 촬영을 하는 동안 피아노의 온도가 올라가면서 음이 미세하게 달라지리라는 것을 예상할 수 있었다. 하지만 연주회가 아닌 촬영 현장에서 피아노의 사정은 보통 인간의 사정보다 앞설 수 없으므로 조금만 기다렸다 조율을 하기로 했다. 출연진, 촬영팀, 음향팀, 기획사 인원 모두가 피아노만을 기다려줄 수는 없었던 것이다. 기다리는 동안 피아노를 몇 번이고 쓰다듬었다. 다행히 피아노는 힘을 내어 멋진 소리를 들려주었다. 그럴 리는 없지만, 나의 부탁을 들어준 것이라고, 나는 그렇게 믿고 있다.

피아노의 세부 부품은 대략 1만 2,000개가 넘는다. 소리를 내는 현만 해도 200개가 훌쩍 넘고 그 현은 각각 핀으로 고정되어 있다. 댐퍼 부분에도 수

백 개의 부품이 들어간다. 해머, 브리지, 공명판, 건반, 페달 등 각 파트의 부품을 따지면 1만 개 정도는 쉽게 넘는다. 이렇게 많은 부품이 피아노의 소리를 만들어 보내는데 모든 피아노가 같을 것이라고, 또 변함없을 것이라고 생각하는 게 오히려 이상한 일이다.

피아노는 조율사의 손에서 다른 성격으로 거듭나기도 한다. 피아노 조율은 단순히 음높이만 맞추는 과정이 아니라, 피아노의 전반적인 소리를 책임지는 과정이다. 음높이를 맞추는 조율, 해머의 밸런스를 맞추는 조정, 음색을 만드는 정음으로 이루어져 있다. 조율은 건반에 연결된 현을 감고 풀면서 하고(기타 조율을 생각하면 된다), 조정은 해머의 위치를 확인하며 정렬하는 과정이고, 정음은 현을 때리는 해머 부분에 경화액을 더하거나 니들링을 하는 방식으로 진행한다. 이 세 가지 과정을 거치고 나면 피아노는 그전과는 조금 다른 개체가 된다.

레슨을 받는 연습실에는 야마하 업라이트피아노와 그랜드피아노가 여러 대 있는데, 다른 연습실을 쓸 때마다 완전히 다른 소리에 적응할 시간이 필요하다. 같은 야마하 그랜드여도 아주 쨍한 피아노가 있는가 하면 가라앉은 소리가 나는 피아노도 있다. 어떤 피아노는 F4*음이 유난히 크고 어떤 피아노는 E3에서 막힌 소리가 난다. 음이 약간 높은 방도, 딱 맞는 방도 있다. 지난주와 같은 방에서 레슨을 받는데도 그사이에 조율이 되었는지 피아노 소리가 달라지는 경우도 있다. 페달의 예민함도, 건반이 올라오는 속도도 피아노마다 미세하게 다르다. 피아노의 타고난 성격에 조율과 여러 사람의 연주가 더해진 결과다.

피아노의 다른 성격마다 나의 몸을 맞춰야 한다. 터치를 조금씩 바꿔본다. 건반이 무겁고 소리가 먹먹한 피아노에서는 팔을 더 쓰고 시원시원하게 타건해야 마음에 드는 소리가 난다. 건반을 대중없이 때리기보다는 최대한 소리를 멀리 보내겠다는 생각으로 깊이감 있게 누르며 연주해본다. 쨍한 피아노에서는 약간 느리게 건반을 누르면 소리가 비교적 부드러워진다. 아예 손가락을 눕혀 쓸면서 넓은 면적으로 천천히 건반을 눌러본다. 낮게 읊조리는 소리가 난다. 아니면 작정하고 모차르트 같은 걸 또랑또랑 쳐볼 수도 있다. 손가락 끝에 바늘이 달려

* 피아노의 가장 낮은 건반(A0)부터 한 옥타브씩 번호를 붙일 때 F음 중 네 번째로 등장하는 음.

있다고 상상하며 힘을 모아 건반을 정확하게 톡톡 누르면 맑고 또랑한 소리가 나는데, 그걸 쨍한 피아노에서 하면 밝다 못해 눈이, 아니 귀가 부신 소리를 들을 수 있다.

귀가 너무 시려서 듣기 싫은 소리가 날 수도 있지만 그건 그 방에서의 문제일 수 있다. 보통의 연습실은 사람 한두 명이 들어가면 꽉 찰 정도로 좁기 때문에 피아노의 울림을 충분히 느끼기 어렵다. 쨍하다고 생각했던 피아노가 넓은 홀에서는 그런 소리를 내지 않을 수도 있다. 어떤 객석에서는 쨍하게 들리고 어떤 객석에서는 어둡게 들릴 수도 있다. 사람들이 앉아 있으면 옷이 소리를 먹을 수도 있다. 조율사는 최선을 다해 홀에 맞는 최선의 소리를 만든다. 연주자 역시 피아노의 성격, 홀의 크기와 울림을 두루 고려해 터치와 페달을 조절한다. 음반을 녹음할 때도 마찬가지로 녹음 공간의 음향에 맞는 소리가 날 수 있도록 세심하게 컨트롤한다.

숙련공도, 조율사도, 연주자도 피아노를 매만지고 어르고 설득한다. 피아노는 자신이 낼 수 있는 소리를 마음껏 들려준다. 연주자가 자신의 음색과 홀에 맞춰 정음을 해달라고 청한다. 조율사는 피아노의 목소리를 끌어낸다. 연주자는 다시금 피아노에 맞춰 연주한다. 피아노 연주는 피아노의 몸과 연주자의 몸과 공간의 몸이 꼬리에 꼬리를 물고 만나는 사건이다. 그 모든 과정에서 피아노는 자신만의 독특한 영혼을 가지고 끊임없이 사람들을 불러 모은다.

찾아 들어가기

휴대폰에 애플뮤직 앱 알림이 떴다. 조성진의 신보 소식이다. 쇼팽 피아노 협주곡 2번과 스케르초 네 곡, 즉흥곡 한 곡과 에튀드 한 곡, 녹턴 한 곡을 녹음했다고 한다. 보나 마나 좋겠지. 그중 선공개된 음원들이 있었지만 앨범 전체를 순서대로 듣기 위해 일부러 듣지 않고 기다리고 있었다(스트리밍의 시대지만 나는 여전히 앨범 단위로 음악을 듣는 것을 선호한다). 드디어 들어보는데 오, 생각보다 과감한 연주. 쇼팽 피아노 협주곡 1번과 발라드 네 곡을 녹음했던 5년 전의 레코딩과 비교하면 더 과감하고 자유롭게 느껴진다. 원래 1년에 한 번은 조성진의 공연을 직접 가서 보는 게 삶의 낙 중 하나인데, 올해는 일정 문제로 티켓팅에 처참하게 실패했지만 앨범도 충분히 좋다.

조성진이 처음 돈을 주고 산 앨범은 크리스티안 지메르만의 쇼팽 발라드 앨범이라고 한다. 지메르만의 연주에 충격을 받았다고. 하지만 시간이 흘러 조성진은 자신의 첫 앨범에서 지메르만과 다른 고유한 해석을 가지고 나타난다. 발라드 2번*을 들

* 지메르만의 연주는 1988년 앨범 'Chopin: Ballades; Bararcolle; Fantaisie', 조성진의 연주는 2016년 앨범

어보자. 지메르만의 레코딩은 앞부분에서 음량의 대조가 더 극대화되어 있지만 코다** 부분에서는 페달 사용을 절제해 감정이 과잉되지 않도록 하고 있다. 반면, 조성진의 레코딩에서는 앞부분의 다이내믹*** 변화는 비교적 작지만 코다 부분의 드라마성이 도드라진다. 둘 모두 각자의 방식으로 근사하다. 연주자들은 모두 각자의 방식으로 그렇다.

프로코피예프 피아노 협주곡 2번은 조성진의 연주도 손열음의 연주도 좋지만 나에게는 유자 왕의 강렬함이 시원하게 와닿는다. 하지만 강렬함이 강조되어야 할 것 같은 라흐마니노프 피아노 협주곡 3번은 유자 왕의 대표적인 레퍼토리임에도 백건우의 장중함이 좋다. 그렇다면 백건우의 베토벤이 좋을 법도 한데 나는 에밀 길렐스의 베토벤을 더 좋

'Chopin: Piano Concerto No. 1; Ballades'.

** 한 악곡이나 악장, 또는 악곡 가운데 큰 단락의 끝에 끝맺는 느낌을 강조하기 위하여 덧붙이는 악구(樂句). 소나타 형식의 경우에 제시부가 끝나는 곳에도 나타난다. (표준국어대사전)

*** 음악 연주에서, 음량의 대조를 통하여 다양한 정서를 표현하는 방법. 소리 세기의 대비와 강조, 점차적으로 변화를 주는 방법 따위가 있다. (우리말샘)

아한다. 당연히 전 세계 모든 연주자의 모든 연주를 들어보지는 못했지만 아직까지는 그렇다.

같은 곡을 어떻게 다르게 쳤는지, 나는 어떤 버전이 좋은지 탐험하는 것은 클래식 피아노 듣기의 재미 중 하나다. 이를테면 이런 것이다. 내가 너무 좋아하는 곡이 있는데, 내가 좋아하는 가수들이 그걸 각자 다 리메이크해! 근데 곡이 길어서 조금씩 변화를 주는 부분이 다 달라! 곡이 길고 다채로우니까 쉽게 질리지도 않아! 심지어 막 데뷔하는 가수도 전부 같은 곡을 리메이크해! 근데 또 다 좋아! 세상에, 그러니까 하나를 깊게 파고들어 가는 걸 즐기는 성향의 사람에게 클래식 피아노는 그야말로 끝없는 노다지라고 할 수 있다.

얼마 전에 손열음의 카푸스틴 앨범이 나와서 신나는 마음으로 듣고 있었는데 이렇게 조성진의 신보가 나왔고, 며칠 전부터 갑자기 파니 멘델스존* 의 피아노 소나타에 흥미가 생겼고, 지난달부터는 브람스 피아노 협주곡 1번을 간간이 듣고 있었는데, 그 와중에 마르타 아르헤리치의 베토벤 피아노 협주곡 2번 신보가 나왔고, 크리스티안 지메르만도

* 펠릭스 멘델스존의 누나.

베토벤 피아노 협주곡 완곡 앨범을 냈으며, 조금 있으면 다닐 트리포노프의 바흐 앨범과 블라디미르 아시케나지의 바흐 앨범이 나온다. 얀 리시에츠키나 알리스 사라 오트처럼 이제 막 호기심을 가지고 듣고 있는 피아니스트들도 다들 신보를 줄줄이 들고 나왔다. 아직 모르는 레퍼토리도 한참 더 들어봐야 하고 모르는 연주자들도 찾아봐야 하는데 이걸 어쩌나. 모든 게 지극한 축복 같고, 때로는 끝없는 바닷속에서 허우적대고 있는 것 같다. 책을 읽는 일과 비슷하다.

이 글을 쓰고 있는 지금 내가 가장 기대하고 있는 앨범은 곧 발매될 비킹구르 올라프손의 모차르트 앨범이다. 사실 작년에 이 책의 원고를 쓸 때도 당시 발매가 얼마 남지 않았던 올라프손의 라모 앨범을 기다리고 있다고 썼었다(도대체 이 책을 몇 년째 미루고 있는 것인가). 나는 올라프손이 낸 최근 몇 년간의 앨범을 관통하는 정서를 좋아한다. 차분하고 지적인 멜랑콜리. 그는 도이체 그라모폰 레이블에서 필립 글래스, 바흐, 라모와 드뷔시를 거쳐 왔는데, 클래식을 좋아하는 사람이라면 이 목록에서 느껴지는 일관된 정서가 있을 것이다. 격정보다는 고요, 분산보다는 집중, 춤보다는 명상.

직전에 쓴 책, 『책의 말들』 서문에서 나는 라모의 〈Les Tendre Plaintes〉에 많은 빚을 지고 있다고 적었다. 정확히는 올라프손의 '드뷔시-라모' 앨범에 수록된 버전을 말한다. 2020년에는 정말이지 〈Les Tendres Plaintes〉를 귀에 딱지가 앉도록 들었다. 과장 없이 100번 이상 들었다. 하나에 꽂히면 끝까지 파고드는 성격답게 한 곡에 꽂히면 듣지 않아도 머릿속으로 전곡을 재생할 수 있을 때까지 듣고, 그렇게 듣고도 계속 듣는다. 많은 클래식 리스너들처럼 라흐마니노프 피아노 협주곡 전곡에 매료된 시기가 있었다. 라벨의 〈La Valse〉는 거의 모든 피아노 버전을 들었고 오케스트라 버전도 꽤 찾아 들었다. 앞서 말한 쇼팽이나 베토벤의 곡들은 말할 것도 없고, 2019년은 거의 바흐의 해였다.

이렇게 많이 들은 곡들은 음반처럼 머릿속에 저장된다. 말하자면 나에게는 머릿속의 음반 진열대 같은 것이 있어 원하면 좋아하는 곡을 꺼내 재생 버튼을 누를 수 있다. 그러면 마치 레코딩을 듣듯이 음악이 흘러나온다. 온전한 형태로 저장된 곡은 처음부터 끝까지 막힘없이 흘러나오고, 그 정도까지 많이 듣지 않은 곡은 조금씩 누락된다. 의지와 상관없이 다른 일을 하는 와중에 불쑥 저 혼자 재생될 때도 있다. 오랫동안 듣지 않아 먼지가 쌓인 곡은 진열대에서 내려오기도 한다. 어떤 곡은 완벽하게 재생되지만 제목이 기억나지 않는다. 어떤 곡은 아직 진열대에 오르지는 못했지만 희미하게 재생된다.

잘 보이는 곳에 진열된 음악을 하나 꺼내 머릿속의 턴테이블에 올려본다. 유튜브에 올라와 있는 엘렌 그리모의 바흐-부조니 샤콘 실황이다. 넓은 홀에서 관객을 두고 연주해서 그런지 바흐 작품답지 않게 페달을 많이 썼다. 소리가 더 많이 울린다는 뜻이다. 실제로 현장에서 들은 관객들은 페달의 기운을 덜 느꼈을 테지만, 피아노에 곧바로 기울여 있는 마이크는 울림을 그대로 녹음해낸다. 거기서 느껴지는 극적인 처절함, 발을 땅에 끌고 겨우 한 발짝씩 걷는 듯한 슬픔, 레코딩된 버전이라면 대단히 절제되어 있을 이 슬픔에 나는 어김없이 함락된다(실제로 엘렌 그리모의 레코딩 버전은 훨씬 절제되어 있다).

극적인 기분에 빠지고 싶을 때는 슈베르트의 〈네 손을 위한 피아노 환상곡〉*이 제격이다. 드라마

* Fantasy for Piano four hands in F minor Op. 103 D 940.

를 통해 유명해진 이 곡은 특유의 비극적인 정조와 귀를 잡아끄는 멜로디로 많은 사랑을 받아왔다. 두 연주자가 호흡을 맞추는 것을 보는 재미도 있는데, 원래는 에밀 길렐스가 딸 엘레나 길렐스와 연주한 버전을 닳도록 듣다가 최근에는 문지영 피아니스트가 김대진 지휘자와 함께 연주한 버전, 그리고 카티아 라베크와 마리엘르 라베크 자매가 연주한 버전을 듣고 있다. 아직 머릿속의 턴테이블까지 교체하지는 못해서 눈을 감으면 길렐스 부녀의 연주가 흘러나오지만, 조만간 다른 음원으로 자리 교체가 있을 것 같다. 언젠가는 이 곡을 누군가와 함께 연주하는 날이 올까?

마음이 어지러울 때는 쇼팽 발라드 4번을 꺼내 듣는다. 먼 곳에서 들려오는, 희미한 바다의 등대가 점멸하는 것 같은 도입부에서부터 마음을 사로잡힌다. 선선한 날, 따스한 햇살을 받으며 이 곡을—머릿속으로든 실제로든—틀어둘 때면 어떤 삶의 진실이 찾아오는 것만 같다. 아, 삶은 이렇게 넘실대다가 끝나는 거야. 비통하게, 그러나 고요하게. 모든 게 멈춘 것 같은 왈츠의 시간이 지나고 마지막의 격렬한 코다까지 마무리되고 나면 곡이 끝났음을 받아들이지 못하고 다시 처음부터 시작하고

야 마는 것이다. 영원히 그 시간에 멈춰 있고 싶지만 음악이 흐르려면 시간 또한 흘러야만 한다는 아이러니에 아쉬워하면서.

*

코로나19 때문에 한동안 가지 못했지만 한두 달에 한 번 정도는 꼭 시간을 내어 클래식 공연에 가려고 노력한다. 없는 시간을 쪼개서라도 간다. 거의 대부분 피아노 연주가 포함된 공연이다. 피아노 협주곡이든지, 피아노 리사이틀이든지, 피아노가 반주를 하는 바이올린이나 첼로 공연이든지, 하다 못해 피아노 퀸텟이라도. 교향곡만 들으러 간다거나 스트링 쿼텟을 들으러 간 적은 손가락으로 꼽는다. 성악에도 크게 흥미를 느끼지는 못해서 피아노 반주가 있더라도 많이 가는 편은 아니다. 공연에 가서는 피아노 소리를 유심히 듣고, 피아니스트의 손과 팔, 페달 밟는 발을 집중해서 본다. 어떤 소리를 내기 위해 어떻게 움직이는지를 보는 즐거움이 있다. 피아노를 배우면 배울수록 더 잘 들리고 잘 보이기 때문에 갈 때마다 새롭다.

공연장 중에서는 예술의전당과 롯데콘서트홀

을 제일 많이 갔다. 책으로 가득한 공간에서 열린 공연도 몇 번 가봤고 음악 감상회를 위한 작은 무대에도 가봤다. 고양아람누리, 부산문화회관도 피아노 공연을 보기 위해 찾은 곳이다. 아직 평창대관령음악제와 통영국제음악당엘 가보지 못해 앞으로의 목표 중 하나로 삼고 있다(역시 면허를 따야 할까?). 통영국제음악당의 음향이 그렇게 좋다던데. 나중에 시간과 돈의 여유가 생긴다면, 그리고 코로나19가 우리에게 약간의 여유를 허락한다면 스위스에서 열리는 베르비에페스티벌과 베를린필하모닉의 상주 공연장인 독일의 베를린필하모니에도 가보고 싶다. 오스트리아에서 열리는 잘츠부르크페스티벌과 영국 BBC프롬스에도 갈 수 있다면 끝내주는 여행이 되겠지.

공연을 볼 때는 피아니스트의 움직임을 보는 걸 선호하는 만큼 1층 앞자리, 그중 무대를 바라보는 방향 기준으로 왼쪽에 앉고 싶어 하는 편이다(오른쪽에 앉으면 피아노에 손이 가려 보이지 않는다). 앞자리에서는 소리가 스쳐 지나가느라 조금 아쉽게 들리지만 그래도 좋다. 피아니스트의 팔과 손 모양, 손가락 움직임, 페달링까지 자세히 볼 수 있는 기회는 흔하지 않다. 소리만 따진다면 1층 뒤쪽이나 2층 앞쪽이 조금 더 잘 들리는데, 공연용 망원경을 챙겨 다닐 만큼 부지런하지 못한 까닭에 그런 자리에 앉으면 피아니스트의 움직임은 많이 보지 못하고 음악만 즐기다 온다.

클래식 공연이 자주 열리는 공연장에서는 피아노 리사이틀에 마이크를 사용하지 않는다. 소리는 피아노에서 흘러나와 어떠한 전기 신호도 거치지 않고 곧바로 청중에게 전달된다. 피아노의 현에서 울리는 소리, 그 소리의 배음, 벽에 부딪고 나온 소리, 크고 작은 그 소리들이 홀을 울린다. 소리의 일부는 사람들에게 흡수된다. 소리의 일부는 기침 소리와 섞인다. 단순히 피아노에서 소리가 나는 것까지가 아니라 그 소리가 관객에게 전달되는 것까지가 연주이기 때문에 연주자는 이 모든 요소를 고려하면서 소리를 만들어나간다. 이를테면 비교적 작은 규모의 홀(관객이 적어 소리 흡수가 덜 되고 공간이 좁아 벽에 소리가 많이 반사되는)에서 피아노 리사이틀을 하는 연주자들은 소리의 울림을 조절하기 위해 터치와 페달링을 조절하는 경향이 있다.

리스트 소나타, 레코딩 환경 때문인지(클래식 레코딩을 할 때도 컴프레서로 누르나?*), 시마노프스키를 친 이후여서 그런지, 아니면 공연이라 아드레날린이 올라왔는지 레코딩보다 콘트라스트가 훨씬 강력하다. pppp부터 ffff까지 더 적극적으로 쓰는 것 같다. 자리에서 일어날 정도의 ffff. 아니 이렇게 커? 하는데 거기서 더 커지는. 마지막 희미한 울림이 드는 정적의 시간도 좋았다.

시마노프스키는 본인의 표현대로 센슈얼했다. 보고 있으면 약간 얼굴이 붉어질 정도의 센슈얼함. 엄청난 다이내믹 레인지와 예측하기 힘든 전개, 하지만 결국 설득해내는 힘. 결국 너는 설득될 거라는 자신감(어쩌면 자신이 사랑받을 자격이 있다고 말하는 대담함). 남김없이 쏟아붓고 영혼을 투명하게 내놓지만, 그럼에도 우아함을 잃지 않는 관대함. 셰에라자드의 이야기, 자신감, 관능성. (시마노프스키. 19세기 말~20세기 초. 니체의 시대. 1차세계대전. 시마노프스키의 〈마스크〉가 딱 1915~1916년이다.)

음향을 이용하는 능력이 원래도 이렇게 좋았나?

* 컴프레서는 소리의 증폭을 줄여서 다이내믹 레인지(음량 범위)를 축소시키는 음향 장치다. 아는 엔지니어 동생에게 물어보니 클래식 앨범도 아마 발매에 맞게 볼륨 조절을 할 거라고 했다.

울림을 적극적으로 음악에 이용하는 것 같아 보인다. 페달링 타이밍과 배음의 혼합. 이건 공연장이 작아서 더 잘 들렸던 것일지도. 혹은 곡의 특성 때문이거나. 이를테면 모차르트로 배음을 막 이용하긴 어렵지 않을까.

숨소리, 허밍 모두 예전보다 줄어든 것 같은데 그건 이번 공연이 리사이틀이라서였을까?

— 2020년 11월 1일, 조성진의 피아노 리사이틀 후의 메모 중 일부

공연장에서 연주를 들을 때 또 하나의 재미는 연주자의 숨소리와 허밍을 듣는 일이다. 피아노 연주는 몸의 언어를 사용하는 일이므로 자연스럽게 숨과 함께 간다. 연주자는 들숨을 크게 마시면서 음악을 고조시키기도 하고—혹은 음악이 고조되면서 숨을 들이마시게 되기도 하고—짧게 숨을 들이켜 새로운 박자로 들어갈 채비를 하기도 한다. 협연을 할 때는 다른 악기와 (정말 말 그대로) '호흡'을 맞추기 위해 숨을 들이마시는 것으로 박자를 카운트할 때도 있다. 가장 전형적인 예는 정확한 합주 타이밍이 중요한 스트링 쿼텟의 연주에서 볼 수 있다. 바이올리니스트가 숨을 흡, 들이마심으로써 연주를

시작하는 타이밍을 알리는 모습이다.

피아노 연주를 볼 때도 숨소리를 많이 듣게 된다. 레코딩만 듣고 실황 영상을 보지 않았거나 연주회에 가본 적이 없다면 놀랄 법하다. 작은 규모의 공연장에서는 바로 옆에서 숨 쉬는 것처럼 숨소리가 들리기 때문이다. 음악과 함께 흐르는 숨소리를 듣고 있으면 음악이 곧 호흡임을, 박동임을, 몸의 흐름임을 실감하게 된다.

노래하듯이 멜로디를 이어가야 할 때는 연주자가 허밍을 하기도 한다. 허밍도 가지각색이라 계이름으로 허밍하는 연주자도 있고 옹알이하듯이 하는 연주자도, 성악하듯이 하는 연주자도 있다. 피아니스트의 얼굴이 보이는 자리에 앉으면 (손은 보이지 않겠지만) 다른 악기 소리가 들이치는 협주곡이라고 해도 허밍을 확인할 수 있다. 입술이 조금씩 움직이기 때문이다. 작은 공연장이라면 피아노 소리 사이로 들려오는 희미한 목소리도 포착해낼 수 있고, 허밍을 하기로 유명한 연주자의 음반에서는 아예 목소리가 생생하게 들리기도 한다. 대표적인 예가 그 유명한 글렌 굴드의 허밍이다. 듣자마자 굴드임을 알아차릴 수 있게 해주는 특유의 연주 호흡과 허밍이 있다. 또 앞서 등장한 바흐-부조니 샤콘을 임동혁 피아니스트가 연주한 레코딩을 들어보면 임동혁의 목소리가 군데군데 들어가 있다.

쇼팽 스케르초 2번은 정말 지겹게 들은 레퍼토리지만 여전히 새롭다. 어떻게 하면 저런 터치를 가질 수 있을까? 따라라란, 따라라란, 하는 소리가 하나하나 명확하게 들리면서도 후루룩 이어지는. 탱글탱글한 한 호흡의 터치. 공연장 위쪽에서 들어서 더 그렇게 들린 걸까? 하지만 그것을 감안하더라도 모든 소리가 너무 좋다. 화려하게 뻗어 나오는 음들. 착실하게 짜인 구조. 특별히 몸을 오버해서 사용하지 않는데도 필요한 자리에 필요한 소리가 딱딱 나온다. 기억할 것. 좋은 소리를 내기 위해 꼭 몸으로 연기할 필요는 없다.

곡이 끝날 때마다 마지막 음을 칠 때 몸을 건반 쪽으로 한 번 푹 숙였다 일어났는데, 그건 청중에게 곡의 마지막을 알리려는 몸짓이었겠지? 원래 그런 습관이 있는 건 아니었던 것 같은데.

—2019년 3월 23일, 크리스티안 지메르만 피아노 리사이틀 후의 메모 중 일부

맨 처음 메인 멜로디를 칠 때 손가락을 정말 정

말 정말 정말 많이 쓰는구나. 손끝부터 손등까지의 모든 근육을 이용해서 음을 레가토*시킨다. 할 수 있는 최대한으로 멜로디를 살리는 것 같다. 확실히 노련함이 느껴지는 연주. 미스터치가 있을 수밖에 없는 곡임에도 주 멜로디를 치는 오른손 새끼손가락은 거의 틀리지 않는다. 오른손 멜로디의 풍부한 레가토.

그리고 현의 길이가 짧은 고음부를 치는데도 오른손 새끼손가락이 이렇게 강하게 들리다니. 유튜브에서 봤던 라흐 2번 마스터클래스에서 서혜경 피아니스트가 왼손 새끼손가락으로 어마어마한 베이스를 치던 게 생각난다. 새끼손가락 파워 무슨 일이야. 역시 장군님이셔. 오시아 카덴차**가 나오

* 둘 이상의 음이 부드럽게 이어지도록 연주하는 것.

** 악곡이 끝나기 전 독주자가 홀로 연주하는 화려한 부분. 라흐마니노프 피아노 협주곡 3번의 카덴차는 두 가지 버전이 있는데, 비교적 가벼운 느낌의 오리지널 카덴차와 무겁고 장대하게 휘몰아치는 오시아 버전의 카덴차다. 오시아는 이탈리아어로 '또는'을 뜻하며, 악보의 일부분에서 두 가지 이상의 연주법이 있을 때 해당 구간의 위나 아래에 'ossia'라고 쓰고 추가 악보를 기입한다. 연주자는 해당 구간에 이르러 오리지널 버전이나 오시아 버전 중 원하는 것을 선택해 연주한다.

자마자 속으로 환호성을 질렀다. 라흐 3번 카덴차는 역시 이거지. 카덴차 부분에서 코드를 칠 때 아주 깊고 강력하고 멀리 나가는 소리가 난다. 큰 포물선의 파동. 팔의 완전한 이완과 낙하, 클라이맥스에서는 무게를 조금 더 써서. 아니 정말 파워가 어떻게 이렇게 좋으시지. 엄청난 기백!

줬다 뺐다 하는 노련함을 조금 울렁울렁하게 느끼는 청자도 있을 것 같긴 하지만, 후기낭만주의가 폭발하는 그 느낌이 오히려 좋았다. 낭만주의에 광기가 한두 방울 섞인 것 같은 곡이니 조금 미쳐 있는 연주도 좋다.

—2021년 9월 26일, 서혜경 피아니스트와 유토피안 페스티벌 오케스트라의 라흐마니노프 피아노 협주곡 3번을 들은 후의 메모 중 일부

피아노를 배우는 입장에서 공연은 살아 있는 교과서다. 영상이나 레코딩만으로는 보고 듣고 느낄 수 없었던 부분을 총체적으로 경험할 수 있기 때문이다. 거기에는 소리와 움직임뿐만 아니라 무대에 선 연주자의 긴장, 시간이 지나며 긴장이 풀리는 모습, 오케스트라와 피아니스트 사이의 어긋난 호흡을 맞춰가는 과정, 지휘자와 피아니스트의 의사

소통, 순간적인 정적 상태에서의 관객의 긴장, 앙코르 무대의 선곡, 심지어 실수까지도 포함된다. 공연은 시작되기 전까지는 예상할 수 없으며 끝나기 전까지는 방심할 수 없는, 하나의 살아 있는 생물이다.

공연을 보면서 머리끝부터 발끝까지, 모든 움직임과 소리를 기억하기 위해 무진 애를 쓴다. 눈으로 영상을 찍듯 집중하지만 도통 그게 가능하지 않다. 한 번 들은 40분짜리 연주를 세세한 부분까지 기억할 수는 없는 일이다. 사랑에 빠지는 아주 짧은 몇 초의 순간마저도 결국은 잊고 마는 게 인간이니까. 공연을 보면서 이런저런 생각을 하고, 집에 돌아가는 길에 잔상이 사라지기 전 재빠르게 몇 가지를 적어보는 게 내가 할 수 있는 전부다. 그래도 분명히 남는 게 있고, 잊을 수 없는 순간들이 있다. 소리는 아주 잠시 존재했다가 사라지므로, 조금이라도 기억하고 싶다면 나를 잊고 소리에 완전히 사로잡혀야만 한다. 완전한 집중, 고요한 몰입, 자아를 잊는 전념.

+

클래식 음악을 위한 스트리밍 서비스

내가 제일 자주 사용하는 음악 스트리밍 서비스는 애플뮤직도, 스포티파이도, 멜론도, 유튜브뮤직도 아니다. 플로나 벅스, 네이버뮤직도 아니고 파일을 다운로드해서 듣지도 않는다. 이게 어떻게 된 일인지는 클래식 음악의 특징을 설명한 후에 설명하는 것이 좋겠다.

클래식을 듣지 않는 사람이라면 연주자, 작품번호, 장르 등이 줄줄이 표기된 제목이 혼란스러울 법하다. 발라드는 뭐고 협주곡은 뭐며 변주곡은 뭐람. 도대체 클래식 곡 제목은 왜 이 지경인가? 이왕 클래식 피아노 이야기가 나온 마당이고, 앞으로도 곡 제목이 심심치 않게 등장할 테니 간단히 정리해 보는 게 좋겠다. 전혀 어렵지 않으니 차근차근 따라오면 된다(클래식 음악을 많이 듣는 사람이라면 이 부분은 건너뛰어도 좋겠다).

상황은 이렇다. 작곡가가 곡을 쓴다. 그는 온갖 악기를 위한 곡을 쓸 수 있다. 피아노를 위한 곡을 쓸 수도 있고 오케스트라를 위한 교향곡을 쓸 수도 있다. 아니면 피아노와 오케스트라가 함께 연주하는, 협주곡을 쓸 수도 있다. 바이올린곡을 쓸 수도 있고, 현악사중주곡을 쓸 수도 있다. 이게 가장 큰 분류다. 그러니까 가장 앞에 작곡가와 그가 선택한 악기를 표기한다. '슈만 피아노 OOO X번'라고 하면 슈만이 쓴 피아노곡이라는 뜻이다. '모차르트 교향곡 X번'이라고 하면 모차르트가 쓴 오케스트라를 위한 곡이라는 뜻이다. '시벨리우스 바이올린 협주곡'이라고 하면 시벨리우스가 쓴 바이올린과 오케스트라를 위한 곡이라는 뜻이다.

여기서 피아노곡의 세부 분류가 들어가기도 한다. 피아노곡에는 소나타, 발라드, 환상곡(판타지), 스케르초 등 여러 가지가 있다. '베토벤 피아노 소나타'라고 하면 베토벤이 쓴 피아노를 위한 3악장 혹은 4악장 구성의 연주곡이라는 뜻이다. 응용문제. '라흐마니노프 피아노 소나타'의 의미는? 이제 각자 해석이 가능할 것이다(쇼팽의 경우 피아노곡을 주로 썼기 때문에 보통 '쇼팽 발라드' '쇼팽 스케르초'와 같이 '피아노'를 생략하고 쓴다).

그런데 연주곡을 어디 한두 곡 썼겠는가? 베토벤은 피아노 소나타만 서른두 곡을 썼다. 피아노의 신약성서로 비유되는 이 서른두 곡에는 원래 제목이 없다. 그러니까 소나타 1번부터 소나타 32번까지 있는 것이다. 서른두 곡의 순서는 출판사와 음악학자들이 알아서 정리해두었으니 우리는 번호만 알고 있으면 된다. '베토벤 피아노 소나타 23번', 짠,

완성이다. 소나타가 세 곡 또는 네 곡의 모음곡이라는 사실을 기억하고 있다면 여기에 '3악장' 같은 말이 붙는 것을 자연스럽게 이해할 수 있을 것이다. 발라드나 스케르초에는 악장이 없다는 사실 같은 것은 그냥 음악을 많이 들으면 익숙해진다.

작품번호는 출판사 혹은 음악학자들이 정리해 둔 번호로, 보통은 악보가 출판된 순서대로 정리되어 있다. 작품이라는 뜻의 Opus를 줄여 Op.로 쓴다. 앞서 말했듯이 작곡가는 피아노곡을 쓸 수도, 오케스트라곡을 쓸 수도, 현악사중주곡을 쓸 수도 있으니까 그런 곡들을 통틀어 번호를 붙인 것이다. 베토벤의 경우 작품번호 36번은 교향곡, 작품번호 37번은 피아노 협주곡, 작품번호 38번은 클라리넷, 첼로, 피아노를 위한 삼중주곡이다. 물론 시간이 흐르면 새 작품이 발견되기도 하고 연대가 다시 정리되기도 하다 보니 작품번호가 없는 곡(WoO)이라는 표기나 정리한 사람의 이름(베토벤의 경우 Hess, 드뷔시의 경우 L.)이 Op. 대신 붙기도 하고, 작품번호 뒤에 a, b 같은 알파벳이 붙기도 한다. 크게 중요하지 않다. 곡 뒤에 모르는 알파벳과 숫자가 적혀 있으면 대충 작품번호겠거니, 하면 된다.

이제 아까 등장한 '브람스의 바이올린 소나타

작품번호 108의 3번의 4악장'을 해독해보자. 브람스가 쓴 바이올린을 위한 연주곡인데, 브람스의 작품 전체를 통틀어 108번째로 악보가 출판된 곡이고, 그가 쓴 바이올린 소나타 중에는 3번이며, 그중 4악장이라는 뜻이다.* 만약 요즘 이런 식으로 곡을 표기한다면 대충 '유희열 발라드 작품번호 OO의 X번'이 될 것이다. 물론 시대에 따라 등장한 곡의 장르가 다르고 작곡가마다 표기도 달라서 모든 곡이 이 규칙에 들어맞지는 않지만, 일단 이를 바탕으로 다양한 곡을 접하면서 이해의 폭을 늘리면 된다. 어차피 처음부터 완벽하게 외울 수도 없고, 그럴 필요도 없다.

이게 다 클래식에 제목이 없어서 벌어진 일이다. 우리는 '유희열 발라드 작품번호 OO의 X번'이라고 쓸 필요 없이 그냥 〈여전히 아름다운지〉라고 쓰면 된다. 제목이 붙은 클래식 음악은 한결 나은데, 드뷔시의 〈달빛〉에는 '달빛'이라는 제목이 붙어 있어 '드뷔시 베르가마스크 모음곡 작품번호 75의 제

* 이 곡의 경우 이렇게 풀이되지만, 작곡가와 작품에 따라 한 작품번호에 여러 곡이 포함된 경우도 있다. 예를 들어 브람스의 작품번호 117번에는 1번부터 3번까지의 독립적인 피아노곡이 포함되어 있다.

3곡 Clair de Lune(달빛)'이라고 쓰지 않아도 된다. 다 이런 식이면 좋겠지만 사정이 그렇지가 못하다.

이런 특성 탓에 일반 음악 스트리밍 서비스에서 클래식 음악을 찾는 건 꽤 고역이다. 듣고 싶은 곡을 검색했을 때 골치 아픈 상황이 벌어지기 때문이다. 이를테면 라흐마니노프는 'Rachmaninoff'와 'Rachmaninov' 두 가지로 검색할 수 있다. 보통 자동으로 둘을 함께 검색해주지만 결과 페이지에 표기되는 음악과 앨범의 순서가 다르다. 애플뮤직에서 'Rachmaninoff piano concerto no. 2(라흐마니노프 피아노 협주곡 2번)'를 검색하면 나의 선호도를 반영해 크리스티안 지메르만의 라흐마니노프 피아노 협주곡 2번 앨범이 첫 번째로, 마르타 아르헤리치의 라흐마니노프 피아노 협주곡 3번 앨범이 두 번째로 뜬다. 아니, 저는 3번이 아니라 2번을 듣고 싶다니까요? 게다가 여기서 'no.'를 같은 뜻인 'nos.'로 바꾸면 또 다른 순서의 검색 결과가 뜬다. 애플뮤직 선생님, 그래서 도대체 저에게 뭘 추천하고 싶으신 건데요…. 유튜브뮤직에서도, 스포티파이에서도 사정은 비슷하다. 차라리 그냥 유튜브 검색창에 '라흐 2번'이라고 치는 게 나을 지경이다(워낙 유명한 곡이라 이렇게만 해도 뜻이 통한다).

그래서 클래식 애호가에게는 'Rachmaninoff piano concerto no. 2'와 'Rachmaninov piano concerto nos. 2'가 같은 곡임을 이해하고 있는 서비스가 필요하다. 일단 곡을 선택한 뒤에 연주자를 선택하는 기능과, 모르는 곡을 발견할 수 있도록 돕는 기능이 함께 제공되는. 책을 쓰고 있는 2021년을 기준으로 이걸 구현하고 있는 유일한 음악 스트리밍 서비스는 IDAGIO다. 서비스를 실행할 때 뜨는 'The home of classical music(클래식 음악의 본거지)'이라는 모토가 서비스가 추구하는 바를 잘 보여준다. 주목받는 클래식 신보를 모아서 보여주거나 유명 작곡가별 · 연주자별 재생 목록을 제공하고, 기분을 선택하면 그에 맞는 클래식 곡을 모아서 틀어준다. IDAGIO에서만 단독으로 공개하는 음원도 가끔 있다. 아이폰 버전에서 슬립 타이머가 없는 게 아쉬운 지점이었는데 고객 센터에 문의를 했더니 몇 달 뒤 타이머 기능이 추가되었고, 연달아 들어야 하는 변주곡이 트랙마다 끊어지는 게 불만이었지만 이 부분도 개선되었다. 여러모로 클래식 음악에 관심이 있는 사람들에게 추천할 만한 앱이다.

그게 다 음악

IDAGIO에는 내 이름이 없지만, 멜론에는 내 이름이 있다.

로직 프로(Logic Pro)* X에는 세 가지의 기본 피아노 사운드가 있다. 스타인웨이, 야마하, 뵈젠도르퍼다. 나는 스타인웨이로 작업하는 걸 좋아한다. 뵈젠도르퍼의 독특한 음색은 영감을 줄 때도 있고 오히려 방해가 될 때도 있다. 야마하와 스타인웨이는 프로그램상에서 무난한 음색을 지니고 있다. 야마하는 실제로도 많이 볼 수 있으니까 프로그램으로라도 스타인웨이를 써보자, 하는 별 의미 없는 생각이 머릿속 한쪽을 차지하고 있다. 인터넷에 훌륭한 가상 악기들이 많이 판매되지만 어차피 실제 악기로 녹음을 하고 나면 지금 쓰는 가상의 피아노 소리는 최종본에 남아 있지 않을 테니 일단은 신경 쓰지 않아도 좋다.

선택한 피아노로 간단히 코드와 리듬을 스케치한다. 아무런 악기 없이 공책과 연필만으로 쓴 곡이 처음으로 소리가 되는 순간이다. 머릿속으로 그렸던 모습이 실제와 일치하는지 대충 확인할 수 있다. 상상 속에서 화려한 옷을 입고 있던 곡이 피아

* 애플에서 판매하는 MAC 전용 미디 프로그램.

노로 앙상하게 드러나는 이때부터가 노동의 시작이다. 피아노 위에 베이스와 드럼을 올리고, 기타도 연결해서 대충 쳐본다. 밑그림 위에 미리 써둔 멜로디와 가사를 얹어본다. 이 곡은 이제 완성되어 발매될 것인지, 당분간 혹은 더 오랫동안 외장하드의 폴더 속에 처박힐 것인지의 기로에 서 있다. 지금까지는, 어쩌면 다행스럽게도, 외장하드가 더 많은 승리를 거뒀다.

*

스무 살의 여름에 첫 기타를 샀다. 그저 그런 연습용 기타였다. 특별한 점이 있다면 왼손잡이를 위한 기타였다는 점이다. 일반 기타와 모든 게 반대였다. 줄의 순서도, 잡는 방향도. 첫 기타를 그걸로 시작한 탓에 지금도 오른손잡이용 기타를 치지 못한다. (물론 이제는 왼손잡이용 기타도 잘 못 친다. 현재의 나는 오른손잡이용 -10, 왼손잡이용 0으로 도합 마이너스의 기타 실력을 지니고 있다.) 뭐 기타리스트가 될 것도 아니고, 크게 중요하게 생각하지 않았다. 일이 이렇게 커질 줄 모르고.

기타를 산 이유는 단순했다. 음악이 아무리 좋

아도 피아노를 이고 지고 다닐 수는 없으니까요. 어떤 경로로든 음악을 곁에 두고 싶었다. 한편으로는 대학생이 되었으니 기타를 쳐보고 싶다는, 어떤 캠퍼스의 로망 같은 것도 작용했던 것 같다.

악기에 대해 아무것도 모르는 사람이 헤매기 딱 좋은 낙원상가에 가서 기타 숍을 돌며 왼손잡이 기타를 찾았다. 잔뼈가 굵을 대로 굵은 판매자들에게는 멍청한 눈으로 돌아다니는 스무 살 청년을 놓치지 않겠다는 의지가 있지 않았을까? 그렇지 않고서야 복도를 돌아다니는 내내 "한번 보고 가세요"라는 말을 들었을 리가 없다. 하지만 나는 당당한 왼손잡이였기 때문에 기타에 대한 지식 없이도 여러 호객 행위를 손쉽게 물리칠 수 있었다. "왼손잡이용 기타 있어요?" "아, 왼손잡이세요? 그래도 오른손으로 치시는 게 더 나을 텐데." "아, 제가 오른손이 멍청이라서요." 그렇게 여러 호객 행위를 물리치고 다닌 끝에 매끈한 적갈색 기타를 손에 넣었다. 싸고 예쁜 크래프터 OEM 기타. 그때부터 기타와의 끈질긴 악연이 시작되었다.

악연? 조금 이상한 말일지도 모른다. 나는 그 기타와 교환학생으로 미국에 다녀왔고 유튜브 영상을 찍었으며 곡도 썼다. 값싼 픽업을 달아 공연도 다녔고 동아리에서 반주도 도맡았다. 거의 동아리 정기 공연 때마다 기타를 쳤던 것 같다. 매번 제자리걸음이긴 했지만 레슨도 조금씩 받았다(스무 살의 나를 가르치느라 고생한, 아마도 너무 오래전이라 나를 기억하지 못할 뮤지션 H와, 몇 년 전 나와 함께 미니 앨범을 만들었던 뮤지션 L에게 감사와 사죄를 전한다). 얼마 뒤에는 첫 기타를 팔고 아예 톱백솔리드* 기타로 업그레이드해 그걸로 일을 했다. 마찬가지로 낙원상가였고 마찬가지로 크래프터였지만, 이번에는 OEM이 아니었다. 음악이 일의 일부가 되어갔다. 곡을 쓰고 공연을 하고 연습을 하고 공연을 했다.

사람들이 어떻게 음악을 하게 됐냐고 물어보면 그냥 스무 살 때 기타를 샀고, 그걸로 기타를 치면서 노래를 했고, 그러다 곡도 쓰게 됐고, 정신을 차려보니 일을 하고 있었다고 답하곤 했다. 전부 사실이었다. 휴학을 하고 연습실을 계약해서 머리 빠지게 미

* Top-and-back solid. 기타의 상판과 후판이 원목으로 만들어진 기타. 합판으로 된 값싼 기타에 비해 풍부한 소리를 들려준다. 상판만 원목일 경우 톱솔리드(top-solid), 기타 전체가 원목일 경우 올솔리드(all-solid) 기타라고 부른다.

디 작업을 하고 공연장을 뚫으러 다니며 무진 애를 쓰던 시간들도 자연스러운 삶의 일부였기 때문에 '정신을 차려보니'라는 수사를 쓸 수 있었다.

하지만 나는 영원히 기타에 적응하지 못했다. 앞으로도 적응하지 못할 것이 자명하므로 영원하다고 말해도 무리가 없다. 피아노에 맞춰진 몸을 기타에 맞춰 바꿀 수가 없었다. 다섯 살 때 시작한 피아노는 뇌 속에서 돌이킬 수 없을 정도로 선명하게 자신의 자리를 차지했다. 저음부터 고음까지의 선형적인 배열, 한꺼번에 누를 수 있는 화음들, 트랜스포즈(transpose)*되지 않는 건반들. 기타를 연주할 때는 여러 개의 줄이 같은 음을 낼 수 있었고 한번에 연주할 수 있는 음에 제한이 있었으며 빠른 전조**가 필요할 때는 카포***를 끼웠다. 나의 소리 체계 위에 한 겹의 막을 씌우는 것 같은 느낌이 지워

* 디지털피아노나 신시사이저에서 건반에 할당된 음높이를 높이거나 낮추는 기능. 디지털신호로 음높이를 조절하는 악기에서만 사용 가능하므로 모든 건반의 음이 정해져 있는 어쿠스틱 피아노에는 없는 기능이다.

** 조바꿈. 한 조성을 다른 조성으로 바꾸는 일.

*** 기타의 줄 전체를 동시에 눌러주는 도구. 음높이를 조절하는 데에 쓰인다.

지지 않았다. 혹은 그걸 덮어씌울 의지나 흥미가 나에게 부족했는지도 모른다.

어느 순간부터 기타는 데모*를 만들 때 같은 꼭 필요한 경우에만 쳤고, 녹음은 아예 다른 사람에게 부탁했다. 작곡은 음악 공책을 펼쳐놓고 머리와 손을 동원해서 한 뒤에 피아노로 옮겼다. 훨씬 편안했고, 몸이 제자리를 찾아 움직였다. 실수가 현저히 줄었다. 만드는 속도도 빨라졌다. 첫 싱글의 데모 음원도 디지털피아노와 로직으로 뚝딱 만들었고, 실제 악기를 녹음할 때는 아예 건반을 내가 직접 연주했다. 외장하드에는 내가 쓴 곡의 스케치가 쌓여 갔다.

공연을 가서도 디지털피아노로 반주를 했다. 기타로 썼던 곡도 전부 피아노 반주로 바꿨다. 대부분의 공연장과 연습실에는 무난하게 여기저기 쓰이던 커즈와일 pc3x가 준비되어 있었다. 디지털피아노이지만 터치감도 나쁘지 않고 음색도 무게도 적당한 모델로 기억한다. 야마하 s90도 제법 많이 본 피아노다. 아직도 많이 쓰이려나? 규모가 좀 있는

* 작품의 완성 전 사람들에게 들려주기 위한 스케치 내지는 견본 음원.

연습실에는 야마하 모티프 시리즈를 비롯한 여러 대의 신시사이저가 준비되어 있었던 기억이 난다.

다녔던 공연장 중에는 특이하게도 업라이트피아노가 준비된 곳도 있었다. 디지털피아노와 업라이트피아노 중 선택해서 사용할 수 있었던 합정 부근의 씨클라우드가 대표적인데 아쉽게도 몇 년 전 사라졌다. 업라이트피아노를 치면서 노래를 하면 좀 색다른 기분이 들었다. 조금 더 불편하기도 하고 재미있기도 했다. 디지털피아노로 반주할 때는 사람들에게 들리는 스피커로도, 또 나에게 들리는 모니터 스피커로도 보컬과 건반의 음량을 결정할 수 있다. 하지만 업라이트피아노로는 그런 조정이 불가능하고, 보통은 마이킹* 없이 사용하기 때문에 반주 소리 자체에도, 페달에도 더 신경을 쓰게 된다. 오랜만에 업라이트피아노를 만지는 날이면 그 날것의 건반을 만질 생각에 설레고 두려웠다.

씨클라우드, 살롱 노마드, 카페 언플러그드, 브이홀, 클럽 최일락, 클럽 프리버드, 초콜릿 뮤직, 공상온도, 깊은숲, 멜로아, 인디팬, 그리고 이제는

* 악기 소리를 마이크로 수음하여 전자신호로 바꿀 수 있도록 마이크를 악기 방향으로 대는 일.

기억도 나지 않는 여러 곳에서 피아노를 쳤고 노래를 했다. 학교를 휴학하고 연습실과 공연장을 가로지르며 침묵과 소리 사이를 오갔다. 곡을 쓰고 지우고 부르고 무르고 조립하고 해체했다. 공간마다 같게 또 다르게 들리던 피아노 소리가 귀에 쟁쟁하다. 도대체가 쥐뿔도 없으면서, 아무것도 모르면서 무슨 용기로 그럴 수 있었던 것인지 잘 모르겠다. 다시 돌아가도 그런 선택을 하게 될까? 그것조차도 잘 모르겠다.

기타를 산 이유가 단순했다는 건 거짓말이다. 독자에게 한 거짓말이자 내가 나에게 한 거짓말이다. 나는 클래식 피아노를 치고 싶었지만 그것으로 내 커리어를 삼을 수는 없을 것이라는 자명하고 슬픈 사실 때문에 우회로를 선택했다. 그래 놓고 그게 아닌 척을 했다. 클래식 피아노를 다시 치고 싶다는 것은 늘 비밀이었다. 남들에게 비밀일 뿐만 아니라 나 자신에게도 비밀이었다. 나는 늘 피아노를 치고 싶어 했고 동시에 피아노 치는 것을 두려워했다. 피아노를 다시 치는 게 무서웠다. 재즈 피아노를 배우러 다니면서도 재즈 피아노를 싫어했다. 피아노로 곡 작업을 하면서도 피아노가 부담스러웠다. 그걸 뛰어넘을 수 없을 거라고 믿었다. 그래서 음악을 하는 동안에도 모든 게 어설펐고 늘 부끄러웠다. 실패하리라는 것을 알면서도 꾸역꾸역 피아노를 피해 다니면서, 또 피아노로 부족한 음악을 만들고 연주하면서, 나는 내가 나를 속일 때 얼마나 많은 시간을 후회의 몫으로 남겨두게 되는지를 배웠다. 어떤 순간에는 내가 나를 속이지 않고서는 삶을 견딜 수 없다는 사실도 배웠다.

시행착오

나는 오로지 예술의 곁을 맴돌고 싶다는 이유로 미학과를 지망하던 고등학생이었다.

고등학생 때의 나는 심적으로 몰려 있었다. 시야가 너무 좁아진 나머지 고등학생은 뭔가를 시작하기에는 늦은 나이라는 생각마저 해버렸을 정도다. 사실 클래식 피아노로 따지면 조금은 그렇기도 했다. 고등학교 1학년 때 슈베르트를 치다가 포기해버린 나에게 누군가가 '그건 사실이 아니야'라고 한마디만 해주었더라면 상황은 조금 달라졌을지도 모른다. 그때의 선생님은 스케일 한 번 시켜보고는 만족스럽게 고개를 끄덕였고, 가까운 곳에는 반례도 있었던 것이다.

하지만 나는 나에게 많은 시간이 남아 있음을 모르고 초조해했다. 모두가 나에게 시간이 없다고 말했다. 엄마는 당장 완벽한 성적을 받지 못하면 세상이 무너질 것처럼 굴었다. 한탄과 고성과 협박 사이를 쳇바퀴처럼 돌던 시절이었다. 나는 명문대에 들어가야만 이 망할 레이스가 끝난다는 생각과 하루빨리 지금의 상태를 벗어나고 싶다는 열망에 매일 혼이 나갔다. 그건 단순히 사춘기 시절의 맹목이나 이유 없는 정념은 아니었다.

지근거리에는 같은 나이에 피아노 전공 준비

를 막 시작한 친구가 있었다. 그러니까 이 친구가 바로 반례였다. 나와 같은 중학교를 나오고 같은 고등학교에 진학한 그 친구는 이제부터 재즈 피아노 입시를 준비한다고 했다. 당연히 친구도 피아노를 어렸을 때부터 쳐왔고 실력이 수준급이었지만 여전히 입시는 입시였다. 부러웠다. 내가 절대 넘을 수 없는 문턱 너머에 친구가 서 있다고 느꼈다. 한없이 멋진 나의 친구는 학교 수업을 마치면 피아노 레슨을 받으러 갔다. 나는 그게 다행이라고 생각했다.

우리는 중학교 시절 음악 시간이 되면 음악실에서 선생님이 오기 전까지 뚱땅거리며 피아노를 치곤 했다(음악 선생님은 "누가 이렇게 쇼팽을 망치고 있어!"라는 멘트와 함께 웃는 얼굴로 교실에 들어왔다). 친구는 누군가에게 나를 소개할 때 늘 '피아노 소리가 예쁘다'는 말을 붙여줬다. 본인의 엄마에게도 친구에게도 그렇게 나를 소개했다고 했다. 공부를 잘하고, 춤을 잘 추고, 피아노 소리가 예쁜 친구. 쇼팽의 〈즉흥환상곡〉을 엉망진창으로 쳤던 나의 기억과 진짜로 소리가 예뻤던 친구의 연주에 대한 기억이 혼재되어 있으므로 이런 소개는 친구의 너그러움을 보여주는 에피소드로 남을 만하지만, 어쩐지 친구가 진심으로 너의 피아노 소리가 좋다고 말했던 것만 같아 기왕지사 그렇게 믿어보려고 한다.

고등학교 1학년의 봄, 친구는 생일 선물이라며 엄청나게 두꺼운 파일을 내밀었다. 아니, 어쩌면 생일 선물이 아니라 크리스마스 선물이었을 수도 있다. 아니면 어떤 특별한 날도 아닌 평범한 하루였을지도 모른다. 언제였는지는 별로 중요하지 않다. 중요한 건 선물의 내용이다.

친구는 두꺼운 파일에 자신이 추천하는 피아노곡의 악보를 채워 넣고, 곡마다 주의해서 연주할 부분이나 들려주고 싶은 코멘트를 깨알같이 적어 노란 포스트잇에 써 붙여줬다. 나는 그때 빌 에번스의 〈Waltz for Debby〉, 젤리 롤 모턴의 〈The Crave〉, 스티브 바라캇의 〈Day by Day〉, 이사오 사사키의 〈When You Wish Upon a Star〉, 김광민의 〈Homeland Eternal〉, 빌리 조엘의 〈New York State of Mind〉 등을 처음 만났다. 물론 이게 다 정통 재즈 넘버는 아니지만, 재즈 피아노라는 막연했던 존재를 처음으로 가까이 느끼게 된 계기였다.

"빌리 조엘 이 아저씨 완전 멋있는 사람이야. 우리 쌤이 말하길 이 아저씨 곡을 다 쳐보랬어."
"내가 요즘 치고 있는 곡이야.^^ 처음 부분은 쉽고

이쁜데 갈수록 치기 쫌 어려워져. 원곡을 들어봐야 이해하기 쉬울 거야. free tempo라는 거 알아둬!"

그건 피아노 소리가 예쁜 친구에게 피아노 입시를 하고 있는 친구가 줄 수 있는 최고의 선물이었다.

지금도 나는 이 파일을 소중하게 간직하고 있다. 정작 그 친구는 몇 년이 지나자 이 선물을 준 사실조차 기억하지 못했지만(이 책을 읽는다면 다시 기억할 수 있을까). 선물을 받은 뒤로 내가 채워 넣은 악보들이 추가되어 그 뒤로는 자기 자리를 확보하지 못한 종이가 흩날리는 빵빵한 파일이 되었지만, 나는 이 파일이 누구의 친절이었는지 기억한다. 파일을 건네주던 친구의 신난 얼굴도 기억한다. 나는 최선을 다해 기억하고 있다. 친구의 진짜로 예뻤던 피아노 소리와, 고등학교 체육관 단상에 놓여 있던 그랜드피아노, 그걸 치러 가던 점심시간 같은 것들을.

*

재즈 피아노를 본격적으로 배우게 된 것은 스무 살 때의 일이다. 스무 살의 봄, 그러니까 고등학교를 졸업하고 대학교에 입학하며 이제 내 삶을 내가 결정하겠다는 의욕에 불타던 때, 아르바이트를 한 돈으로 꽤 유명한 음악 학원에 등록했다. 학교를 다니면서 학원을 다녀야 했으므로 주말에 열리는 재즈 피아노반을 선택했다. 정통 교육기관을 표방하는 곳답게 구성이 체계적이었다. 수업이 1교시와 2교시로 나뉘어 있다는 점부터가 그랬다. 1교시에는 디지털피아노가 스무 대쯤 놓여 있는 교실에서 수강생들이 다 같이 재즈 피아노 수업을 받았다. 2교시는 재즈 피아노뿐만 아니라 기타, 베이스 등 여러 전공이 모여서 듣는 수업으로, 다른 교실에서 다른 선생님이 음악 이론을 가르쳤다.

그때 나에게 아르바이트의 피곤함과 재즈 피아노를 치기에는 부족한 소질을 구분할 능력이 있었다면 좋았을 텐데. 학교 수업과 과제와 새내기를 기다리는 각종 행사와 생활비를 위한 아르바이트를 매일같이 병행하던 나에게 주말의 피아노 수업은 꽤나 버거운 일이었다. 하지만 2교시 내내 맨 앞자리에서 헤드뱅잉을 한 것이 과연 피곤함 때문만이었을까? 나에게 진정한 애정과 소질이 있었다면 그마저도 극복할 수 있지 않았을까? 모를 일이다. 지나고 나서 생각하니 반반이었던 것도 같고. 그렇게 격렬하게 졸 거였으면 뒷자리에나 앉을 일이지, 구태여 앞자리에 앉아서 졸았으니 나름대로 내 입장에서는 최선을 다했던 게 아닐까 짐작할 뿐이다.

그래도 이론 수업을 들으면서 노트에는 굵직한 이름들이 남았다. 스티비 원더의 〈Superstition〉으로 시작한 수업은 레이 찰스, 제임스 브라운, 어리사 프랭클린, 안토니오 카를루스 조빔, 마일스 데이비스, 빌 에번스 등등을 거쳐 갔다. 클래식과 가요, 최신 팝과 유명 뮤지컬 넘버들을 오가던 나에게 태어나 처음 듣는 음악들이 펼쳐졌다. 이이다 토시히코의 『재즈 하모니 I+II』를 샀던 것도 이론 선생님의 추천 때문이었고, 도미넌트며 5도권이며 케이던스며 하는 용어들도 이때 처음 배웠다. 어쨌든 허술하나마 기초를 쌓은 셈이었다. 이 글을 쓰면서 그때 쓰던 공책을 펼쳐 봤는데, 내가 알고 있는 음악 지식 중 상당히 많은 부분이 이때의 1, 2교시 수업에서 유래했다는 사실을 알고 충격을 받았다. 고등학생 때의 필기력이 아직은 남아 있던 때였나 보다.

4년이 흘렀다. 놀랍게도 그사이에 곡을 좀 썼다. 앞에서도 언급했지만 기타를 치다가 그렇게 됐다. 아직 일을 하기 전이지만 내가 내 손으로 음악을 만든다는 게 놀랍고 즐거웠던 때다(우회로라고 해서 즐겁지 않아야 한다는 법은 없다). 음악을 더 제대로 배워보고 싶다는 마음에 다시 재즈 피아노 학원을 찾았다. 어딜 가든 음악 이론이 변하는 건 아니니까 집에서 가까운 곳을 다니기로 했다. 낯을 많이 가리던 삐쭉삐쭉한 스물네 살 학생은 선생님에게 배운 바가 있으나 아무것도 기억나지 않음을 실토했고 선생님은 그럼 기초부터 다시 시작하자고 했다.

피아노의 기초는 지긋지긋한 하농이다. 피아노 학원을 다녀본 사람이라면 기초 테크닉 연습을 위한 하농의 존재를 알고 있을 것이다. 바로 그 하농을 치되 스윙 리듬으로 치면서 뒷박에 강세를 넣어서 연습하는 것이 첫날 숙제였다. 앞박에 강세를 넣는 클래식의 몸을 뒷박에 강세를 넣는 재즈의 몸으로 바꾸기 위함이다. 하나, 둘, 셋, 넷이 아니라 하나, 둘, 셋, 넷. 몸을 흔들게 만드는 팝송에 맞춰 박수를 쳐보면 하나, 셋에 박수를 치는 게 얼마나 어색한지 알 수 있을 것이다(퍼렐 윌리엄스의 〈Happy〉로 한번 시도해보시길).

그리고 재즈 피아노에는 하농 못지않게 지겹기 그지없는 존재가 하나 더 있는데 II-V-I이라는 존재다. II-V-I 연습하는 거 정말 너무 재미없다. 지금 나는 '정말'과 '너무'를 둘 다 썼다. 지금 생각

해도 소스라칠 정도로 재미없다. II-V-I은 음악에서 많이 쓰이는 코드 진행 중 하나로, 하도 많이 쓰이는 탓에 현대실용음악에서 반드시 배워야 하는 필수적인 패턴이다. 패턴은 같지만 조마다 구성음은 다르기 때문에 모든 조성의 II-V-I에 해당하는 코드를 달달 외워야 한다.

선생님은 II-V-I을 일일이 외우는 것을 숙제로 내주고는 수업 시간마다 시작하기 전에 테스트를 했다. "B♭ 메이저 투 파이브 원 스타일A." "F# 마이너 투 파이브 원." "E♭ 마이너." "C# 마이너." 아이고, 지겨워. 십몇 분 되는 클래식 곡을 달달 외우는 건 하나도 지겹지 않은데 패턴을 외우는 건 왜 이리 고역이었는지. 그때는 건반 레슨을 다녀오면 그날 배운 내용과 숙제를 기록해두었는데 두 달 내내 'II-V-I 보이싱* 연습'이 있다. '관성으로도 외우고 각각의 코드별로도 외우기.' '버전 두 가지로 손에 붙여서 외울 것.' '저번에 외운 오른손 II-V-I 스케일과 합쳐서 스윙 리듬으로 연습(강약 조심).' '오른손 스케일+왼손 보이싱 연습하기.' 이렇게 열심히 외웠는데 지금은 못 친다. 이십몇 년 전에 배

* Voicing. 코드(화음)를 구성하는 음을 배치하는 방식.

운 클래식 곡은 지금도 칠 수 있건만. 이건 조기교육과 성인 교육의 차이인가.

선생님은 네가 초등학생이었으면 무조건 전공을 시키는 건데 하고 웃었는데, 스물네 살에게 초등학생은 삶의 절반을 접어버려야 하는 너무 먼 가정이었기 때문에 어처구니가 없다고 생각했지만 말로 하진 않았다. 초등학생 때는 누가 뭘 전공해도 웬만하면 다 잘하(게 되)지 않나. 선생님도 그래서 웃었는지 아니면 정말 안타까워 웃었는지는 모를 일이다.

그 수업은 선생님의 사정으로 파하게 됐다. 마지막 시간에 대타로 온 또래의 선생님과는 한 시간 내내 신나게 수다를 떨었던 기억이 있다. 그때 로직으로 작업했던 연주곡을 들려주면서 이런 게 너무 재미있다고 말했다. 가사가 없는, 피아노와 현악기로만 구성된 짧은 리메이크 곡이었다. 두 달을 래그타임이며 셔플이며 보사노바를 치고 블루스 솔로를 연습하던 학생이 들려주기에는 너무 재즈와 거리가 먼 곡이기도 했다.

이듬해 피아니스트 C에게 잠시 개인 레슨을 받았다. (여담이지만 나에게 악보를 선물로 주었다는 그 친구는 피아니스트 C의 팬이었다.) C에게 따로 작업실이 없었던 상황이라 스무 살 때 다니던 학원의 연습실에서 레슨을 받았다. 졸면서 떠났던 각설이가 죽지도 않고 자꾸 오는 곳이네. 그때는 본격적으로 곡을 쓰고 있었을 때라 실질적인 도움을 받을 필요가 있었다. 그때 쓰던 레슨 공책을 펼쳐 보니 이때도 코드 배우고… II-V-I 연습하고… 보이싱 방법 배우고… 장르별로 리듬 연습하고… 모드* 배우고…. 도대체 똑같은 걸 몇 번 한 겐가 자네…. 그래도 앞선 수업과 조금 다르게 유명한 팝이나 가요의 코드 악보를 보고 여러 보이싱으로 반주해보는 연습을 했다. 그러다 나의 첫 싱글이 나왔고, 바쁜 스케줄 때문에 레슨은 다시 종료되었다.

재즈 피아노와의 짧은 인연은 여기까지다(아니, 쉰 기간까지 합하면 5년 정도 되니까 사실 짧지는 않다). 애써봤지만 여기까지였다. 한국인은 삼세 번이라는 공식도 지켰으니 이만하면 충분하다. 기타의 몸도 재즈의 몸도 입는 데에 실패한 나에게 남은 것은 숨겨왔던 미련을 꺼내서 제대로 응시하는 일이었다.

* Mode. 선법. 각 코드에서 연주하는 다양한 스케일의 약속.

무한히 변주되는 약속

나는 클래식 음악이 내가 가진 마지막 벽이라고 느낀다. 내가 가진 유일한 마음의 집이 활활 타올라 서까래마저 불타 없어져도 홀로 불타지 않는 벽. 노래에도, 말소리에도, 대화에도, 그 어떤 것에도 기댈 수 없을 때 지친 몸을 끌고 가서 털썩 주저앉으면 기댈 수 있는, 푹신한 소파는 못 되지만 결코 무너지지는 않는 든든한 벽. 거칠고 두꺼운 벽에 머리를 기대면 나보다 먼저 기쁘고 슬펐던 이들이 온갖 소리로 나를 지탱해준다. 이 벽은, 적어도 아직까지는, 나를 배신한 적이 없다.

*

재즈와 클래식을 나누는 건 어리석은 일일지도 모른다. 잘 알려져 있듯 많은 재즈 피아니스트들이 클래식을 기반으로 테크닉을 다졌고, 심지어 클래식 음반도 냈다. 존 루이스의 바흐 평균율 앨범은 그 자체로 아름다운 클래식 앨범이다. 루이 암스트롱은 클래식 피아노로 음악을 시작했다. 빌 에번스는 클래식 피아노를 전공해 대학교 졸업 작품으로 베토벤 피아노 협주곡 3번을 연주했다. 오스카 피터슨은 리스트의 제자의 제자인 폴 드 마키를 사사

했다. 한편 드뷔시나 라벨, 조지 거슈윈 등 여러 클래식 작곡가의 음악에서는 재즈의 흔적이 발견된다. 음악을 많이 들어보지 않은 사람이라도 거슈윈의 피아노 협주곡을 들으면 '어딘가 재즈 같다'는 느낌을 받을 것이다.

재즈와 클래식이라는 단순한 분류 대신 다른 분류를 시도해볼 수도 있다. 피아니스트이자 작가, 작곡가인 스튜어트 아이자코프는 『피아노의 역사』에서 피아니스트들을 네 가지 스타일로 나누는데, 열정으로 타오르는 불의 속성을 지닌 흥분가들, 유려하게 흐르는 물의 속성을 지닌 선율주의자들, 공기의 울림을 바꾸는 연금술사들, 그리고 견고한 땅의 이미지를 지닌 리듬주의자들이다. 선율주의자들로는 슈베르트와 바흐, 조지 시어링*이 방을 나눠 쓰고 있고, 연금술사의 방에는 빌 에번스와 드뷔시가 공존한다. 목록에는 재즈뿐만 아니라 록 연주자들도 포함된다.

하지만 저자가 이러한 분류가 "논쟁을 불붙이는 데에도 요긴할 것"이라고 책에서 밝히듯이, 애초에 모든 분류에는 자의성과 위험성이 있다. 보르헤

* 영국의 재즈 피아니스트.

스의 「존 윌킨스의 분석적 언어」에 인용된 '어떤 중국 백과사전'의 동물 분류가 현대인의 눈에 놀랍게 보이는 것처럼. 분류에는 그 분류가 이루어지는 시대와 분류하는 사람의 관점이 반영되어 있으므로.

재즈와 클래식을 나누는 일 역시 너무 거친 분류가 될 수 있겠지만, 두 갈래의 음악적 흐름이 서로 영향을 주고받은 것과는 별개로(혹은 외계인이 두 음악을 들었을 때 유의미한 차이를 느끼지 못할지도 모른다는 가능성과는 별개로), 두 영역에서는 피아노가 수행하는 역할도, 발전해온 역사도, 연주자에게 요구하는 능력도 조금은 다르다. 재즈 피아노는 다른 악기와 결합하면서 리듬악기 겸 베이스의 역할을 하기도 하고, 중음부에서 코드를 담당하다가 화려한 즉흥 솔로를 선보이기도 한다. 반면 클래식에서 피아노는 세세한 부분 모두 정해진 악보 속에서 처음부터 끝까지 정해진 역할을 수행하기를 요구받는다. 존 케이지의 〈4분 33초〉 같은 파격이 아닌 한 클래식 피아노에서 키스 자렛의 'The Köln Concert'* 같은 음반이 나오기는 어렵다.

* 1975년 1월에 쾰른에서 있었던 연주 실황 앨범. 자렛은 이 콘서트에서 처음부터 끝까지 즉흥으로 연주한다.

클래식 피아노와 재즈 피아노의 악보를 보면 금방 차이가 드러난다. 바흐나 모차르트의 피아노 악보를 구경해보자. 왼손과 오른손의 멜로디부터 셈여림과 표현하고자 하는 느낌까지 촘촘히 기록된 클래식 악보는 작곡가가 구상한 음악을 가능한 한 그대로 전달하고자 하는 노력의 산물이다. 반면 재즈 피아노 악보를 살펴보자. 교과서처럼 여겨지는 『리얼북』 같은 교재를 볼 일이 없다면 악보 사이트에서 판매하는 멜로디 악보를 떠올려보면 된다. 왼손 반주 악보는 어디로 가고 멜로디와 코드가 덩그러니 쓰여 있다. 이걸로 어떻게 연주를 하라는 거야? 하지만 재즈를 기반으로 하는 연주자들은 어렵지 않게 연주를 해낸다. 코드가 주어지고 리듬과 속도가 정해지면, 암묵적으로 합의된 규칙을 기반으로 합주가 된다. 재즈가 '즉흥적'인 음악이라고 여겨지는 이유는 그 때문이다.

당연하게도 두 장르의 피아니스트들은 연주할 때 뇌가 작동하는 방식 역시 다르다. 독일 막스플랑크 연구소의 인간 인지 및 뇌과학 연구소에서는 클래식 피아니스트와 재즈 피아니스트의 뇌를 비교하는 연구를 진행했는데, 이에 따르면 두 장르의 피아니스트들은 같은 곡을 피아노로 연주할 때에도 서로 다른 정보 처리 방식을 사용한다. 실험에서 재즈 피아니스트들은 운지법이 틀리더라도 화성을 더 빨리 파악했고, 클래식 피아니스트들은 화성보다는 특이한 음을 연주하기 위한 운지법을 더 빠르게 찾아냈다. 이렇게 차이가 나는 이유는 재즈 피아니스트들은 구조를 생성하는 관점으로, 클래식 피아니스트들은 구조를 해석하는 관점으로 곡에 접근하기 때문이라고 한다. 그러니까 내가 II-V-I을 외우는 것보다 수십 분짜리 클래식 곡을 외우는 게 더 재미있고 쉬웠다고 한 건 단순한 변명이 아니다.

국립발레단 출신의 선생님에게 발레 레슨을 받은 적이 있는데, 발레 댄서들 중에 의외로 (우리가 흔히 말하는 의미의) '춤을 못 추는' 사람들이 있다고 했다. 갑자기 아무 음악이나 틀고 춤을 춰보라고 하면 당황한다고(물론 그 기준이 춤을 추지 않는 사람과 상당히 다르겠지만). 발레에는 발레 안무의 기본기가 되는 동작들이 있고, 발레 댄서들은 매일 그 동작을 같은 순서로 반복하면서 하루의 연습을 시작한다. 보통 '클래스'라고 부르는 이 기초 연습 겸 수업은 발레를 처음 배우는 일곱 살 어린이부터 은퇴를 앞둔 댄서까지 그 난이도와 길이는 다를지언정 동일한 동작과 순서로 수행한다. 바를 잡고 기본 동작을 연습하는 바 워크(barre work), 그리고 기본 동작들을 조합해 바 없이 연습하는 센터 워크(center work)로 이루어져 있다. 이 동작들을 통해 연습한 움직임과 몸의 균형, 단련한 근육을 가지고 무대에 올릴 안무를 연습한다.

클래식 발레에서 요구하는 몸동작은 명확한 규칙을 따른다. 발끝이 바깥쪽을 보도록 턴아웃한다. 발은 바닥에서 떨어지는 순간부터 포인(pointe)을 한다. 포인을 할 때는 발목부터 발끝까지 힘을 뻗어내고, 무릎은 다리 안쪽으로 휘어질 것같이 쭉 편다. 양어깨 끝과 골반으로 이어지는 가상의 사각형이 움직이지 않도록 잡는다. 튀어나온 갈비뼈를 닫는다. 뒤로 들린 엉덩이도 닫는다. 목이 길어지도록 어깨를 내리고 고개를 들어 올리며 살짝 위를 본다. 팔은 물 흐르듯 둥근 선을 지킨다. 춤을 출 때는 이 기본적인 규칙이 몸에 내장된 상태에서 감정을 표현하고 관객을 설득하는 것이다.

규칙이 요구하는 동작들은 신체의 자연스러운 움직임을 거부하고 아름다움을 향하기에 수행하기 어렵다. 발레 무대에서 처음부터 끝까지 0.1초도 쉬지 않고 완벽한 턴아웃, 완벽한 균형, 완벽한 점프를 구사하는 인간은 거의 없지만, 그러한 목표를 포기할 수는 없다.

재즈 피아노가 즉흥적인 춤과 비슷하다면 클래식 피아노는 클래식 발레의 속성을 공유한다. 잘 단련된 기본기—스케일과 아르페지오, 그리고 기본 동작들—로 작품 전체를 연습하고, 주어진 원본에 충실한 범위에서 자신의 해석과 감정을 표현한다는 점에서 그러하다. 나는 피아노를 배울 때도 춤을 출 때도 클래식 피아노와 클래식 발레에 어떤 고향과도 같은 느낌, 본능적인 노스탤지어를 느끼는데, 단지 규칙 안에서 안심할 수 있기 때문은 아니다. 둘 모두 불가능한 완벽을 향해 불완전한 시도를 계속해나간다는 점이 나를 매료시키기 때문이다.

나는 정말로 그런 것에 늘 져버리고 만다.

대학에서 철학과를 다니면서 제일 매료되었던 건 누구도 이걸 멈출 수가 없다는 점이었다. 누가 뜯어말려도, 도시락을 싸 들고 다니며 말려도 이 쓸모없어 보이는—실제로는 어떤지 차치하더라도—짓을 멈출 수가 없을 것이다. 이들은 계속 읽을 것이고, 논쟁할 것이고, 좌절할 것이다. 그게 인간이라는 게 좋았다. 인간은 동물일 수도 신일 수도 없어서 가능한 한 가장 좋은 선택을 향해 복작거린다. 세상을 사물로만 볼 수도 없고 추상적으로만 볼 수도 없어서 그 사이에서 덜컹거린다.

> 인간의 이성은 어떤 종류의 인식에서는 특수한 운명을 가지고 있다. 인간 이성은 이성의 자연본성 자체로부터 부과된 것이기 때문에 물리칠 수도 없고 그의 전 능력을 벗어나는 것이어서 대답할 수도 없는 문제들로 인해 괴롭힘을 당하고 있는 것이다.*

물리칠 수도 없고 그렇다고 대답할 수도 없는 문제를 고민해야 하는. 완벽한 상(像)을 향해 나아가고 싶어 하면서도 지지부진한 삶을 꾸려나가야 하는. 혹은 답할 수 없음을 알면서도 답하고자 노력하고, 완벽에 도달할 수 없음을 알면서도 매달리는 인간의 노력에는, 정말이지 속수무책으로 굴복하고 만다. 실패할 것을 알면서도 뛰어드는 모든 것에 나는 늘 약하다. 도달할 수 없음을 알면서도 멈추지 않는 모든 것에 나는 늘 약하다. 나는 '그럼에도 불구하고'의, 시시포스의 기꺼운 패배자이다.

* 임마누엘 칸트, 『순수이성비판 1』, 백종현 옮김, 아카넷, 2006.

'완벽한 연주'라는 것이 존재할 수 있을까? 우리에게는 같은 곡의 수많은 상들이 있다. 그 모든 상들은 악보를 충실히 따른다는 점에서 어떤 것도 틀리지 않았으나, 악보의 여백을 각자의 방식으로 채우고 있으므로 어떤 것도 하나의 정답이 될 수 없다. 클래식 피아노 연주는 악보와 해석 사이의 싸움, 관습과 파격 사이의 싸움, 원상(原象)과 상(像) 사이의 싸움이다. 아무리 원전에 가까운 악보를 공유한다고 해도 같은 연주는 나올 수 없으며, 선생이 학생에게 가르친다고 하여 두 사람의 연주가 같을 수 없다. 하지만 모두가 자신이 생각하는 완벽한 연주를 향해 나아간다는 점에서 클래식 피아노는 '그럼에도 불구하고'의 장이고, 그래서 나는 저항도 없이 빠져들고 만다.

공연에 자신의 피아노를, 그것도 연주하는 레퍼토리에 따라 다른 피아노를 (혹은 피아노 부품을) 비행기에 싣고 다닌 크리스티안 지메르만이나, 17년간 거의 모든 녹음에 자신의 피아노—페달이 네 개 달린, 세상에 단 한 대뿐이었던 피아노—를 가지고 다닌 앤절라 휴잇의 이야기를 보라. 미친 사람들의 집념처럼 보일 수 있지만 실은 클래식이 요구하는, 그리고 클래식이 요구하기에 연주자가 자기 자신에게 요구하는 완벽성에 다가가기 위한 놀랍지 않은 노력이다.

그러니까 나는 평생, 규칙과 헌신의 세계에 살고 싶었던 것 같다. 나의 본능은 늘 그러했던 것 같다.

*

이 글을 쓰는 지금 유튜브에서는 며칠째 쇼팽콩쿠르 예선 심사가 생중계되고 있다. 쇼팽의 곡을 마르고 닳도록 듣는다. 쇼팽콩쿠르에서는 그 이름답게 쇼팽의 곡만 연주할 수 있기 때문에, 세계 각국의 내로라하는 젊은 피아니스트들이 제한된 레퍼토리 안에서 자신의 세계를 펼쳐낸다. 시청자들은 같은 곡을 여러 버전으로 듣는다.

작가이자 뮤지션인 요조와 함께 조진주 바이올리니스트의 공연을 보러 간 적이 있다. 나에게는 클래식 공연에 표를 두 매씩 예매해 주변 사람들을 데려가는 다소 홍익인간스러운 습관이 있는데, 조진주 바이올리니스트의 공연에 초대를 받아 요조에게 같이 가자고 청한 것이다. 공연장에 가는 길, 요조가 물었다. "근데 클래식 음악을 들으시는 분들은 같은 곡도 연주자마다 다르다고 하잖아요. 막 연주를 듣고 누구 연주인지 알고. 그게 어떻게 가능한 거예요? 뭐가 다른 거예요?"

뭐가 다르냐면, 나란히 놓고 들어보면 알 수 있다. 사실은 놀라울 정도로 차이가 난다. 만약 내가 그 자리에서 같은 곡의 서로 다른 버전을 들려주었다면 요조도 100퍼센트 그 차이를 느꼈을 것이다. 놀라울 정도로 차이가 나지만 평소에 클래식을 자주 들을 일이 없기 때문에 차이에 신경을 쓰지 않았던 것뿐이다.

피아니스트들은 피아노를 몸처럼 쓴다. 사람마다 목소리가 다르듯이 연주도 달라질 수밖에 없다. 세부적으로는 한 음 한 음의 표현이, 조금 더 넓게는 한 프레이즈의 표현이, 더 넓게는 한 파트의 표현이, 결국 곡 전체의 표현이 달라진다. 쇼팽콩쿠르를 보는 사람들, 클래식 공연을 찾아다니는 사람들, 클래식을 듣고 또 듣는 사람들은 이 차이를 쉽게 짚어낸다. 같은 보이그룹 곡을 원곡자가 부를 때와 다른 그룹이 커버할 때 다르게 느껴지는 것과 비슷하다. 원곡자인 쇼팽이 지금 살아 있는 것은 아니고 쇼팽이 치더라도 그것이 '원곡'은 아니므로 아주 같은 예는 아니지만 어쨌든 대충 비슷하다.

쇼팽의 유명한 곡인 스케르초 2번을 예로 들

어보자. 많은 피아니스트들이 연주하는 곡이라 비교하기에 좋다. 그중에서도 제2주제에 이어서 나오는 트리오 주제의 드라마틱한 부분을 들어볼 텐데, 이 부분에는 총 네 개의 멜로디가 흐르고 있다. 두 개의 손으로 4성부를 연주하는 것이다. 오른손은 소프라노와 알토, 왼손은 테너와 바리톤을 맡는다. 나는 이 네 가지 목소리를 듣는 것, 그리고 연주하는 것을 정말로 좋아한다. 두 손으로 연주하는 3성부, 4성부의 아름다움은 한꺼번에 여러 멜로디를 연주할 수 있는 건반악기에만 허락된 복잡하고 화려한 아름다움이다.

정석적인 에튀드 연주로 '쇼팽 에튀드의 교과서'라고 불리는 연주를 했던 마우리치오 폴리니의 스케르초 연주를 들어보자. 1991년 레코딩이다. 4분경(4분 24초까지)을 들어보면 소프라노의 메인 멜로디 부분은 애상적으로 이어지는데 알토 라인은 그보다 빠르게 지나가며 전반적으로 리듬이 약간씩 빨라졌다 느려졌다 한다. 왼손의 바리톤(가장 낮은 베이스 음)은 일정하지만 테너가 약간씩 변화를 주는 중이다.

이번엔 호로비츠의 1957년 레코딩이다. 3분 43초(4분 8초까지)를 들어보면 오른손의 소프라노

라인은 더욱 극적이며, 알토 라인도 더 빠르지만 왼손 성부들의 박자는 오히려 일정하다.

2021년에 리마스터링을 거쳐 발매된 상송 프랑수아는 어떨까? 4분 3초이다. 일단 시작 시간의 차이에서 보이듯이 호로비츠보다 속도가 느리고, 루바토*가 거의 없이 정박으로 흐르며, 소프라노가 이끌어 가고는 있지만 네 성부가 다 들리게끔 밸런스를 맞추고 있다.

다시 빠른 연주로 가보자. 아르헤리치는 1966년 실황 음반(3분 49초)에서는 중간에 한숨 쉬듯 서글프게 감정을 고르고, 1975년 레코딩(3분 39초)에서는 비슷한 부분에서 느려지나 싶다가 금방 추스르며, 전반적으로 훨씬 빠르고 힘차다.

2021년에 나온 베아트리체 라나의 같은 부분은 다시 4분대에 나온다.여기서 언급된 레코딩 중 가장 느린 4분 53초(5분 30초까지)에 시작하는 이 부분은 들어보면 큰 부연 설명이 없어도 앞선 연주와 다르다는 것을 금방 알 수 있을 것이다.

* 템포 루바토. 악보에서, 연주자가 임의로 점점 느리게 하였다가 빠르게 하거나 다시 느리게 하는 따위로 박자를 바꾸는 일. 전체 연주 시간은 변하지 않는다. (표준국어대사전)

어떤 부분을 어떻게 들리게 만들지는 연주자 각자의 판단이다. 연주자들은 곡의 구조를 분석하고, 각 파트의 의미를 고민하고, 홀이나 레코딩 스튜디오의 어쿠스틱을 점검하고, 그 곡이 쓰였던 당시 작곡가의 삶을 알아보고, 생가에 찾아가보고, 책을 읽어본다. 모두 같은 출발점에서 시작해 다른 이상향을 꿈꾸며 그곳에 근접하는 연주를 하기 위해 끊임없이 연습한다. 기억하는가? 그 소리를 내기 전에 먼저 머릿속에서 들어야 한다. 아무리 연습을 해도 그 소리와 실제 소리를 처음부터 끝까지 일치시키는 데에는 실패할 확률이 높고, 오히려 그 과정에서 새롭게 '완벽한' 연주가 나오겠지만, 그럼에도 불구하고, 그것이 클래식의 약속이다.

나와 너의 등이 겹칠 때

쇼팽 발라드 1번의 68마디부터 74마디까지* 화성 분석을 해본다. 휘몰아치는 아르페지오가 끝나고 왼손 라인의 뱃고동이 저물면서 아름다운 선율의 시간으로 진입하는 순간이다. B♭으로 시작해서 그런지 아주 부드럽게 빛나는 실크 촉감의 두꺼운 천을 만지는 느낌이 든다. 실크로 이루어진 바다 같다고 하면 내가 받는 느낌이 전달될까. 불안감으로 가득한 왈츠 리듬으로 돌아가기 전의 아주 짧은 꿈 같기도 하다. 왼손이 한 마디마다 호흡을 가져가는 데에 비해 오른손은 마디를 넘나들며 숨을 쉰다. 화성이 무 자르듯이 마디마다 바뀌는 게 아니라 마디 중간에서, 음에 따라 순간순간 바뀌고 있다. 거기서 걸려 넘어지면 안 되지만 그렇다고 숨을 멈춰서도 안 된다. 아름답지만 쉬운 항해는 아니다.

화성을 분석해보는 것은 바뀌는 호흡의 순서와 시점을 확인하기 위함이다. 느낌의 정체를 알아야 느낌을 전달할 수 있으니까. 악보 위에 B♭7, E♭, F7, B♭, F−7, B♭7+5, A♭△7, G7, Cm, F7 같은 것

* 아르헤리치의 도이체 그라모폰 앨범 'Argerich Plays Chopin'에 수록된 레코딩 기준으로 2분 39초부터 3분경까지.

들을 쓰다가 혼자 약간 웃는다. 이거 이렇게 하는 거 맞아? 클래식 악보를 펴놓고 화성 분석을 하면서 △ 같은 기호를 적고 있자니 좀 이상하다. 이건 내가 재즈 피아노를 배우면서 훈련받은 방법이다. 클래식에서도 +5 같은 걸 쓰나? 아니 일단 클래식에서 화성 분석을 이렇게 하긴 하나? 전혀 모르겠다. 약간 끔찍한 혼종이 된 기분이다. 하지만 어쨌든 숟가락으로 병뚜껑을 열든 병따개로 병뚜껑을 열든 병을 열면 되는 거니까 크게 신경 쓰지 않기로 한다.

화성을 생각하면서 다시 그 부분을 쳐본다. 화성에 유의하면 페달을 가는 부분, 프레이즈를 끊는 부분도 재조정된다. 음, 페달을 여기서 떼고 다음 음에서 쳐야 이 화성이 들리네. 그럼 페달 떼는 음이랑 그다음 음은 끊어지지 않게 손가락으로 연결해야겠다. 생각하면서 몇 번을 반복해야 손에 붙일 수 있다. 여러 번 같은 부분을 연습해본다. 이 소리인가? 이 소리? 아, 이번엔 베이스 음이 안 들렸네. 이번엔 중요한 7음*이 안 들렸다. 코드의 분위기를 좌우하는 음들은 꼭 들려야 하니까 이번엔 왼

* 코드의 으뜸음을 기준으로 일곱 번째 음.

손 엄지에 신경을 써야겠다. 쳐보고 또 쳐보고. 듣는 사람이 있다면 지겹겠지만 치는 사람은 매 소리가 새롭고 매 시도가 소중하다. 그렇게 쳐봐도 레슨을 받으러 가면 또 내가 듣지 못했던 부분들이 나온다. 겨울 씨, 여긴 좀 어색한데요? 아, 그렇네요. 다시 쳐볼게요.

이번에는 모차르트 론도 작품번호 511번이다. 통곡하지도 꾸미지도 않는 차분한 애상으로 시작한다. 나에게 A는 보라색의 음이라 A단조 화성으로 시작하는 이 곡은 늘 산뜻한 보라, 명도는 중간 정도에 채도가 살짝 낮은 보라색의 발걸음으로 떠오른다. 발을 끌고 걷는 게 아니라 물방울이 떨어지듯이 걷는다. 중력이 반 정도만 작용하는 것처럼. C장조가 등장하면서 분위기가 살짝 바뀌기 전까지는 주는 듯 뺏는 듯 걷는다.

앞서 분석한 발라드 부분과는 달리 화성이 흩어져 있지 않고 왼손으로 명확히 드러나 있다. 화성을 책임지는 왼손 위로는 유려한 멜로디가 흐르기 때문에 페달을 잘못 밟으면 지저분해지기 딱 좋다. 페달을 최소한으로 쓰고 손가락으로 소리를 연결하기 위해 애쓴다. 그래도 모차르트니까 소리가 느끼하게 연결되면 곤란하다. 깔끔하고 또랑한 소리로 멜로디를 이어나가며 중간중간 찍힌 스타카토를 지켜준다. 하지만 음이 각자의 울림을 가지더라도 음악이 끊어지면 안 된다. 한 호흡, 한 호흡. 두 번째 마디의 A부터 네 번째 마디의 E까지 크레셴도* 를 표현하며 프레이즈가 연결되도록 치고, 같은 마디의 A에서 피아노(***p***)로 반짝, 하는 소리를 낸다. 반음계로 계속 크레셴도되었던 기대감을 산뜻하게 튕겨내는 소리다. 스타카토가 표시되어 있는데, 짧게 쳐야 할까? 조금 긴 스타카토? 반짝, 울리려면 너무 빨리 없어지는 음이면 안 될 것 같다. 그런 다음 두 음씩 빠르게 내려오는데, 여기서 덜컹덜컹하면 안 되고 깔끔하게 따다 따다 따다 내려와야 한다. 앗, 손목이 덜렁거리네. 손가락 끝을 예민하게 세우고 손목을 살짝 고정한다.

모차르트를 연습할 때는 신경을 곤두세워야 한다. 크게 크게 프레이즈를 보면서 음들을 부드럽게 이어 연주하는 쇼팽을 칠 때와는 달리 한 음씩 예민하게 굴 필요가 있다. 아르페지오를 후루룩 '후리는' 것도 안 된다. 장인이 바느질하듯이 한 땀 한 땀, 정성을 다해. 대신 악보 자체는 쇼팽보다 쉬워

* 점점 크게.

서 비교적 빨리 볼 수 있다.

요즘 나를 가장 괴롭히고 있는 곡 중 하나는 바흐-부조니 코랄의 한 곡이다. 〈주여, 당신을 간절히 부르나이다(Ich ruf zu dir Herr Jesu Christ)〉.* 바흐가 오르간 코랄로 작곡하고 부조니가 피아노 버전으로 편곡한 이 곡은 오른손이 두 개의 성부를 연주한다. 가장 위의 멜로디는 비교적 선명하게 들려야 하고, 중간 성부는 자신의 멜로디를 이어가되 너무 드러나서 주 멜로디를 방해하면 안 된다. 왼손은 워낙 낮은 음을 많이 치기 때문에 페달을 밟았을 때 지저분해질 위험이 있다. 전체적으로 베이스를 받쳐주면서도 단순하게 반복되는 패턴이 지루하게 느껴지지 않도록 강약을 조절해야 한다.

오른손은 하나인데 두 개의 소리를 내려니 마음 같지 않다. 주 멜로디를 연주하는 네 번째와 다섯 번째 손가락은 정갈하게 모여서 앞으로 나아가는 소리를, 나머지 세 손가락은 낮게 읊조리는 소리를 내야 한다. 주 멜로디 부분에 팔의 무게를 살짝 실어본다. 누르는 소리가 난다. 이러면 안 된다. 무

* Chorale Preludes for Piano BV B 27 (after J. S. Bach BWV 639)

게를 실어 던졌더니 이번엔 깨지는 소리가 난다. 이것도 안 된다. 깔끔하게 모이는 소리를 내려면 단단한 손가락이 건반에 차분하고 정확하게 내려앉아야 한다. 새끼손가락으로 첫 음을 쳐본다. 새끼손가락은 건반을 누른 상태로 그 자리에 두고, 엄지와 검지로 중간 멜로디를 가볍게 쳐본다. 날아가는 소리가 난다. 주 멜로디보다 작아야 하지만 이렇게 소리가 흩어지면 사람들에게 들리지 않는다. 손가락을 많이 움직여서 면적을 좀 더 쓰고, 소리가 너무 커지지 않게끔 무게는 싣지 않는다. 음, 조금 마음에 드네. 왼손이랑 같이 치면서 페달을 밟아볼까. 앗, 안 되겠다. 소리가 지저분해지지 않을 방법을 찾아야 한다. 피아니스트들은 어떻게 그렇게 소리를 분리할 수 있지? 피아니스트여, 당신을 간절히 부르나이다.

연습은 이런 식으로 계속된다. 일단 치고 싶은 곡의 악보를 천천히 연습하며 손에 붙이고, 어느 정도 익숙해지면 곡이 어떻게 들리길 원하는지 고민한다. 어떤 소리가 나야 할까? 어디를 강조하고 어디에서 숨을 쉬어야 할까? 모르는 작곡가라면 시대를, 아는 작곡가라면 그 곡을 쓴 시기를 찾아본다. 머릿속으로 소리를 들어본다. 이상하기도 하고 괜찮기도 하다. 머릿속에서는 괜찮았는데 쳐보니까 이상할 때도 있다. 나는 괜찮은 줄 알고 쳤는데 다른 사람이 들었을 때 이상한 경우도 있다. 조금씩 고쳐가며 레코딩도 이것저것 들어본다. 이런 해석도 있고 저런 해석도 있네. 프로페셔널 피아니스트들이 다른 피아니스트들의 해석을 따라가지 않기 위해 애쓰는 것과는 달리 아마추어들에게는 원하는 해석을 따라 해볼 수 있는 자유가 있다. 물론 그걸 그대로 따라 할 수는 없다는 게 맹점이지만(그게 된다면 이 책을 쓰는 대신 공연을 하러 다니고 있을 것이다). 손과 귀의 격차는 언제쯤 줄어들까.

시간이 조금만 더 있다면 어설프게나마 따라 해볼 수도 있을 것 같다고 아쉬워한다. 조금만 더, 조금만 더 시간이 있다면. 그러면 악보도 더 능숙하게 보고 테크닉 연습도 더 하고 여러 해석도 시도해볼 텐데. 하지만 생업이 있고 그 생업이 닥치는 대로 일을 받아야 하는 프리랜서의 일일 때 이런 바람은 부질없는 욕심이 된다. 이미 지금의 일정에서 피아노 레슨을 꾸준히 받고 있다는 것 자체가 엄청난 집념의 결과다. 콩쿠르를 준비하며 매일 피아노 학원에 달려가던, 몇 시간씩 연습을 하고 집에 돌아가던, 피아노 학원이 제집 같았던 초등학생 김겨울은 이런 날이 올 거라고 상상이나 했을까? 부럽다, 이 아무것도 모르는 어린이야.

*

초등학교 저학년 때 쓰던 모차르트 소나타 악보집에는 '레가토' '논레가토'* '둥글게' '가볍게' '멜로디 살려서' '끝 관절' 같은 말이 쓰여 있다. 힘차고 박력 있는 원장님의 글씨체와 크고 가느다란 담당 선생님의 글씨체. 원장님이 빨간 볼펜으로 써둔 '끝 관절' 옆에는 손가락 마디를 표현한 작은 그림도 있다. 스타카토 부분에서 손가락 끝 관절에 집중해서 치라는 뜻이다. 악보 위에 담당 선생님의 글씨체로 '☆연주곡'이라고 쓰인 곡은 콩쿠르를 준비하느라 친 곡이거나 학원 연말 연주회에서 친 곡이다. 레슨의 흔적이 남아 있는 악보를 가만히 들여다본다. 악보를 좇아가면 마음속으로 곡이 막힘없이 재생된다. 이때 이런 걸 쳤단 말이지, 진짜로. 어떻

* 레가토가 음을 부드럽게 잇는 연주 기법이라면, 논레가토는 반대로 음이 엉겨붙지 않도록 또박또박 치는 주법을 말한다.

게 쳤을까. 믿을 수가 없네.

그때는 어떻게 그렇게 수월하게 연습했는지 모르겠다. 악보 봐 오라고 하면 금방 보고, 지금 보면 테크닉적으로 어려운 부분도 그때는 별로 어렵지 않았다. 아직 손이 작아서 옥타브가 닿지 않는다거나 다리가 땅에 닿지 않아 페달을 밟을 수 없다거나 하는 불편 말고는, 이해가 안 되어서 좌절하거나 도저히 연주가 안 돼서 쩔쩔맸던 기억이 없다. 어떻게? 어떻게 그랬지? 그건 누구였지?

성장 과정에서 사람은 놀라울 정도로 변화한다. 몸도 정신도 타고난 것과 주어진 것 사이에서 요동치며 길을 찾는다. 어설펐던 일에 능숙해지고 능숙했던 것이 떠나간다. 바랐던 것은 좌절되고 원했던 일은 어그러진다. 그리고 그것이 숙명임을 우리는 천천히 깨달아간다. 아홉 살의 나와 열아홉 살의 나는 완전히 다른 사람이다. 스물아홉의 나도 마찬가지다. 그것은 모두 나지만 더 이상은 나일 수가 없다. 나는 아홉 살 때처럼 피아노를 칠 수 없다. 열아홉 살 때처럼 밤을 새울 수 없다. 스물아홉 살 때처럼 무작정 사람을 믿을 수 없다. 그것을 인정하지 않으면 아무것도 할 수가 없다. 다른 사람이 되려고 하면 불행해진다. 그 '다른 사람'에는 과거의 나도 포함된다.

하도 많이 펼쳐서 다 헐어버린, 황테이프를 덕지덕지 붙이고도 너덜거리는 하농 악보를 한 장씩 넘겨본다. 초등학교에 들어가기도 전부터 쓰던 하농이다. 이걸 능숙하게 치던 때의 내가 있었고, 그 시절로부터 나는 꽤 먼 길을 떠나왔다. 아르페지오며 화음 연습곡까지 다 쳐놓고 아직 어려서 옥타브 연습곡만 못 치던 때로부터 레슨에서 옥타브 연타를 연습하고 있는 지금까지. 아르페지오 연습곡 페이지에 별것 아니라는 듯이 '레가토'라고 쓰여 있던 때로부터 아르페지오 레가토를 연습하기 위해 손가락으로 끙끙대야 하는 지금까지. 그 손과 이 손은 다른 손이다. 그 어린이와 지금의 나는 다른 사람이다. 물론 같은 사람이지만, 그렇게 생각하는 편이 좋다.

*

유튜브에 'Piano Practice Frustration(피아노 연습할 때 짜증)'이라고 검색하면 전 세계의 피아노 교습생들이 눈물로 공감할 만한 음악 영상이 나온다. 'Piano League'라는 채널에 올라와 있는 쇼팽의 녹턴 작품번호 9의 2번을 연습하는 음악을 들어보자. 그러니까 쇼팽의 녹턴 작품번호 9의 2번이 아니라, 그걸 연습하는 소리를 음악으로 만든 음악이다. 사람이 연주한 게 아니고 피아노 초보자 내지는 아마추어가 그 곡을 연습하는 소리를 그대로 악보로 만들어서, 악보를 만드는 프로그램으로 재생한 것이다. 화면에는 문제의 악보가 나온다.

연습하는 사람이 악보를 좀 봤는지 첫 두 마디는 잘 나가더니 금방 세 번째 마디에서 높은 C를 잘못 짚는다. 그 부분을 다시 쳐본다. 다시 치자니 이번엔 그 바로 앞의 손가락 턴이 안 된다. 안 되는 음을 몇 번 두들긴다. 마음을 잡고 다시 세 번째 마디를 시작한다. 이번에는 무사히 치지만 약간 마음에 들지 않아 다시 쳐보고, 이번에는 무사히 넘어가는 듯싶더니 바로 뒤에서 왼손을 실수한다. 그 부분을 다시 치다가 또 틀려서 건반에 짜증을 낸다. 쾅. (들리지 않지만 들리는 것 같은 "아, 짜증 나.") 처음부터 다시 두 배의 속도로 치다가 실수하는 부분부터 천천히 친다. 또 틀린다. 쾅. ("아우 씨.") 이 영상의 백미는 전체가 쉼표로 표시된 마디 위에 쓰여 있는 'deep breath(한숨)'다.

요소 하나하나가 '빨리 그럴듯한 곡을 치고 싶

으니까 천천히 또박또박 연습하고 싶지는 않고 그냥 일단 대충 곡을 쳐보는데 손이 안 따라줘서 짜증나는' 피아노 연습의 심정을 대변하고 있다. 프로그램으로 재생한 소리라서 음에 아무런 감정이나 강약이 없이 따각따각 소리가 나는 것도 정말이지 아마추어스럽다. 이 정도면 거의 음악적 하이퍼리얼리즘이다. 음악으로 하는 현실 묘사랄지, 현대미술이랄지, 행위예술이랄지. 피아노 연습을 해본 사람이라면 금방 웃으며 이 음악을 사랑하게 되리라. 이 영상이 유명해지자 누군가는 아예 이 악보대로 피아노를 직접 친 영상을 올렸다(화면은 여전히 문제의 악보다). 이쯤 되면 이건 현대음악이잖아! 올라와 있는 '연습 짜증' 영상 중엔 약간 현실성이 떨어지는, 오로지 웃기기 위해서 만든 것 같은 영상도 있는데, 그런 거 말고 퀄리티 좋은 짜증 시리즈가 좀 더 많이 나오면 좋겠다. 깔깔거리면서 보기 딱 좋단 말이지. 다들 나만 이러는 게 아니구나, 하면서 공감도 하고.

댓글창은 공감과 성토의 대잔치다. 짜증을 내면서도 열심히 연습하는 사람들이 어디에나 있다. 그렇게 연습을 한다고 누가 알아주는 것도 아니지만, 그걸로 돈을 벌거나 멋진 커리어를 만들 수 있는 것도 아니지만. 오로지 자신을 위해서, 누군가가 듣지 않아도 된다는 마음으로 치고 또 친다. 누가 들어주지 않아도 된다. 내가 듣고 있으니까.

음악—추기

클래식 피아노 음악의 전통 레퍼토리에는 마주르카나 폴카, 폴로네즈, 왈츠 같은 춤곡들이 있다. 그 음악이 모두 실제 춤곡으로 쓰이지는 않더라도 춤곡에서 시작된 리듬이 하나의 장르를 형성한 것이다. 특히나 피아노라는 악기를 대표하는 작곡가 쇼팽이 춤곡 리듬에서 가져온 곡을 많이 남겼다.

춤곡을 연주할 때면 신이 난다. 몸이 자연스럽게 움직일 수 있도록 만들어진 리듬은 그 자체로 흥겹다. 몸을 억지로 만들거나 곡에 맞출 필요가 없다고 느낀다. 몸을 춤에, 스텝에 맞추면 된다. 이를테면 악보상으로는 같은 세 박자여도 왈츠와 마주르카는 조금 다르게 연주해야 하는데, 왈츠를 칠 때는 왈츠 스텝을 생각하고 마주르카를 칠 때는 마주르카 스텝을 생각한다.

발레에는 발랑세(balancé)라는 스텝이 있다. 한쪽 다리를 뻗어서 내려놓으면서 다리를 굽히고 반대쪽 다리는 살짝 들어 발끝을 굽힌 쪽 발목 뒤에 댄다. 반대쪽 다리를 그 자리에서 바닥에 곧게 찍으며 처음 굽혔던 다리를 살짝 들어준다. 다시 처음 움직인 다리를 바닥에 찍으며 반대쪽 다리를 들어준다. 그럼 딱 세 박자가 된다. 왼쪽 오른쪽 번갈아가면서 한다. 쿵짝짝, 쿵짝짝. 보통 발레 수업에서 선생님들은 "플리에*, 업, 업, 플리에, 업, 업,"이라고 구호를 넣어준다. 왈츠의 쿵, 에 바닥에 가까워졌다가 짝, 에 하늘로 솟아오르는 이 스텝은 왈츠 리듬을 그대로 형상화한 것 같다. 연주할 때도 첫 박이 곡 전체를 끌고 가는 중심이 되며, 두 번째와 세 번째 박은 조금 자유롭다.

발레의 마주르카 안무나 마주르카 춤 공연에서는 보통 왈츠와 비슷한 느낌으로 음악을 연주하지만 쇼팽의 마주르카 곡을 연주할 때는 마주르카 기본 스텝을 떠올려야 한다. 한쪽 다리를 길게 뻗는다. 반대쪽 발을 당겨오며 아까 뻗은 발을 허공에 든다. 뻗은 발을 안으로 굽힌다. 여기서의 포인트는 폴짝, 뛰게 되는 두 번째 스텝이다. 그래서 마주르카 곡은 첫 박이 아닌 두 번째 박, 심지어는 세 번째 박에 강세를 주게 된다. 마지막 박에 발을 구르는 경우도 있기 때문이다. 그에 따라 박자도 세 박을 동일하게 치지 않고 첫 박을 짧게 치거나 약간 늘여 치는 경우도 많다. 이걸 전부 생각으로 치기에는 너무 복잡하다. 피아노를 치면서 머릿속으로 몸을 움직이고, 발을 굴려야 한다.

* 무릎을 구부리는 동작.

반대로 피아노곡에 맞춰 몸을 움직이는 일도 즐겁다. 몸을 움직이는 걸 좋아해 운동도 춤도 좋아하는 나에게 발레는 꼭 맞춤한 취미다. 피아노와 발레만큼 붙어 있는 음악과 춤이 있을까. 발레 클래스에서 사용하는 음악은 거의가 피아노곡이다. 발레단이 연습하는 영상을 보았다면 연습실 한편에 놓인 커다란 그랜드피아노와 거기 앉은 연주자를 보았을 것이고, 발레를 배워본 적이 있다면 아마 피아노곡에 맞춰서 배웠을 것이다. 일곱 살 때 유치원에서 처음 발레를 배우면서 낯설지 않게 느낀 데에도, 금방 즐거움을 느낀 데에도 피아노의 덕이 있었던 것 같다. 원하는 모양대로 몸을 움직이는데 심지어 피아노 소리에 맞출 수 있다니.

발레 클래스에서 내가 제일 좋아하는 동작이자 음악 트랙은 롱 드 장브 아 떼르(rond de jambe á terre)다(줄여서 '롱드잠'이라고 부르겠다. 공중에서 다리를 돌리느라 허벅지가 터질 것 같은 롱 드 장브 앙 레르(rond de jambe en l'air)도 뒤 순서에 있긴 하지만 우리나라에서 '롱드잠'은 보통 아 떼르를 가리킨다). 몸을 고정시킨 상태에서 한쪽 발끝으로 바닥에 큰 반원을 그리는 이 동작에는 3/4박자나 6/8박자, 즉 왈츠 리듬의 느린 곡이 쓰인다. 음악의 박을 천천히 모두 쓰면서 정확하면서도 꽉 차게 움직여야 한다. 프레파라시옹* 동작을 하며 발바닥으로 바닥을 깊게 쓸어간다. 느린 왈츠 리듬이 진하게 울려 퍼진다. 앞, 옆, 뒤를 거쳐 반원을 그린 발끝이 다시 뒤에서 앞으로 곧장 직선을 그리면서 반원의 앞점에 도착하는 순간 빠르게 다시 반원을 그려주면, 발끝으로 첫 박에 포인트를 줄 수 있다. 그렇게 움직이면 콕(앞점 포인트), 주우욱(반원 그리기), 콕, 주우욱의 리듬이 된다. 피아노 연주도 콕, 하는 첫 박에 악센트가 들어가 있다.

앨범에 따라 롱드잠 트랙은 장조로 된 곡도 있고 단조로 된 곡도 있지만 나는 롱드잠을 단조의 곡에 맞추는 걸 더 좋아한다. 동작의 끈적함에 더 어울린달까. 그랑 롱드잠**과 캉브레*** 등을 거쳐 한쪽 다리를 뒤로 뻗어 올리는 아라베스크로 근사하게 마무리하는 이 멋진 순서에는 분위기 있고 극적인 곡이 딱 맞다.

* 본 동작에 들어가기 전 자세를 잡는 준비 동작.

** 다리를 곧고 높게 들어 올린 상태에서 허공에 반원을 그리는 동작.

*** 가슴 위쪽부터 머리끝까지 뒤로 넘기는 동작.

다양한 발레 클래스 음악 중에서도 내가 제일 좋아하는 음반은 피아니스트 김은수의 발레 클래스 1집이다. 온갖 음악이 스트리밍되고 음원 발매가 곧 업로드를 의미하는 이 시대에도 여러분에게 실물 음반이 없다면 들을 수 없을 음반이다. 이십대 초반에 다닌 발레 학원에서 사용하던 이 오래된 음반을 너무 좋아해 시디를 사다가 리핑해 휴대폰에 넣어 다니곤 했다. 아니, 선생님이 시디를 하나 주셨던가. 10여 년 전 일이라 정확히 기억나지는 않는다.

그중에서도 특히 좋아하는 트랙이 바 워크의 중간 즈음 있는 바트망 퐁뒤* 트랙이다. 3/8박자의 비극성이 느껴지는 음악이다. 발레와 상관없이 그냥 틀어두고 들을 정도로 좋아한다. 퐁뒤 동작을 특별히 좋아하지는 않지만, 이 곡에서만큼은 맨 앞 프레파라시옹 부분의 왼손 반주만 들어도 동작 안으로 몰입할 준비가 된다. C단조의 묵직한 화음. 치즈 퐁뒤에 음식을 찍듯이 발끝을 반대쪽 발목 근처에 살짝 찍어 쭉 뻗어내는 느린 동작이 피아니스트의 루바토와 함께 끈적하게 움직인다. 김은수 피아

* 한쪽 다리는 구부리고, 반대쪽 발을 구부린 다리의 발목에 댔다가 천천히 무릎을 펴면서 들어주는 동작.

니스트가 직접 작곡한 이 곡도 내 머릿속의 진열대에 늘 진열되어 있다. 집에서 혼잣말하듯 문득 간단한 발레 동작 같은 것을 해볼 때 이 곡은 늘 제일 먼저 달려 나와 재생된다. 그래서 뜬금도 없고 난데도 없이 앞 순서를 전부 무시하고 냅다 퐁뒤부터 찍고 보는 것이다. 나는 만족스러워하면서, 때로는 동작을 마친 후에도 가만히 서서 머릿속으로 음악을 한 번 더 들어보기도 한다.

+

발레 클래스에서 사용하는 음악

발레 클래스에서 사용하는 음악은 오로지 발레 클래스를 위해 만들어지거나 편곡된 음악이다. 발레 안무를 추기 위한 기본적인 동작들을 반복적으로 훈련하는 시간이니만큼 각 동작의 속도와 박자에 딱 맞는 곡이 필요하다. 첫 번째 순서인 플리에에는 느린 6/8박자의 곡을, 두 번째인 바트망 탕뒤*에는 조금 빠른 2/4박자의 곡을 쓰는 식이다. 발레단에서는 발레 피아니스트가 클래스에 와서 상황에 맞게 피아노로 직접 연주를 하고, 보통의 학원에서는 발레 클래스를 위해 만들어진 음반을 사용한다. 스트리밍 사이트에 '발레 클래스'라고 검색하면 여러 발레 피아니스트들이 연주한 음반을 만나볼 수 있다.

재미있게도 그 음반들은 트랙 제목과 순서가 거의 같다. 모든 발레 클래스는 거의 같은 순서와 동작으로 진행되기 때문이다. 예를 들어 1번 트랙의 제목은 워밍업, 2번 트랙의 제목은 플리에, 3번과 4번은 바트망 탕뒤, 5번과 6번은 바트망 쥬떼**, 7번은 롱 드 장브 아 떼르, 8번은 바트망 퐁뒤, 9번은 프

* 다리의 발끝만 땅에 닿을 때까지 다리를 곧게 뻗는 동작.

** 발바닥을 힘차게 밀어 다리를 곧게 뻗으면서 허공에서 포인하는 동작. '데가제'라고도 부른다.

라페*인 식이다. 그 뒤로 롱 드 장브 앙 레르**, 데벨로페***, 그랑 바트망****, 림버링*****까지 이어지면 바 워크가 끝나고 그 뒤로 센터 워크에 필요한 곡들이 이어진다. 워밍업 곡을 한 개 넣느냐 두 개 넣느냐, 그랑 바트망 곡을 한 개 넣느냐 두 개 넣느냐 같은 사소한 차이는 있지만 수록 순서는 모두 같다. 또 트랙마다 프레파라시옹을 위한 네 마디가 준비되어 있고, 동작을 반복하여 구성할 수 있는 마디 수로 편곡되어 있다. 거의 모든 음반이 같은 구성이기 때문에 어떤 발레 클래스 음반을 틀어도 수업을 진행할 수 있다.

발레 피아니스트들이 현장에서 연주를 할 때는 계속 무용수를 주시하면서 무용수가 공간을 씀에 따라 연주에 변화를 주기도 하고 무용수의 호흡

* 발을 빠르게 차는 동작.

** 다리를 90도로 들어 무릎 아래로 허공에 반원을 그리는 동작.

*** 한쪽 다리를 고정한 상태에서 반대쪽 발끝을 고정한 다리의 발목, 무릎 근처를 지나게 한 다음 최대한 높이 들어 올리는 동작.

**** 크게 다리를 차 올리는 동작.

***** 몸을 정리해주는 스트레칭.

에 맞춰 루바토를 주기도 한다. 녹음된 음반의 경우에도 연주는 완전한 정박으로 이루어지기보다는 약간의 호흡을 주며 강약을 오간다. 예를 들어 플리에 트랙에서 프레파라시옹 마디가 끝나고 1번 플리에의 네 마디 후에 주어지는 약간의 호흡, 약간의 찰나는 팔을 옆으로 쭉 뻗어 다음 동작으로 이어가는 알롱제*를 위한 호흡이다. 동작과 동작 사이에 몸을 뻗어내거나 잠깐 모아주는 준비 호흡이 많은 발레의 특성상 이런 식의 루바토는 발레 클래스 음악에 아주 흔하다.

* 불어로 '길게 잡아 늘이다'라는 뜻으로, 팔을 옆으로 길게 뻗으면서 다음 동작을 준비하는 동작.

음악 — 읽기

음표와 음표를 연결하는 선들, 크고 작은 글씨들, 온갖 직선들과 곡선들. 동그란 원들은 종이에 물이 뚝뚝 떨어진 자국 같기도 하다. 오밀조밀 모여 있는 흔적들이 귀엽다. 때로는 깨알 같은 원들이 빽빽하니 무섭기도 하다. 원을 가로지르는 선들—오선지—은 단호해 보인다. 하지만 둥근 선들도 있고, 아주 작은 점들도 별사탕처럼 박혀 있다. 그리고 글자들이 있다. 이탈리아어로 되어 있어서 외우지 않으면 의미를 알 수 없지만, 옆으로 기울여 쓰여 있어 왠지 마음이 넉넉해진다.

이 기호들은 움직이지 않고도 멀리 가고, 말하지 않고도 소리를 낸다. 거듭 읽을수록 새로운 의미가 드러난다. 많이 읽을수록 다음 악보가 수월해진다. 앞에서 뒤로 읽어야 하며, 뒤에서 앞으로 읽을 때는 곡의 구조를 특별히 염두에 두고 있어야 한다. 약속된 기호를 배우지 않으면 읽을 수 없으므로 사용된 기호의 체계를 알고 있어야 한다. 그런 점에서 악보는 일종의 문학책, 혹은 『책의 말들』에도 썼듯 일종의 암호이고, 편지이며, 일기이고, 몽상이다. 해석되기를 기다리고 있는, 시간 속에서 읽혀야만 하는 텍스트다. 여긴 빠르게, 저긴 느리게, 고조되면서, 더 크게, 더 크게, 스포르잔도!* 갑자기 작게,

당신의 마음을 담아….

피아노를 치지 않을 때도 가끔 악보를 본다. 혹은 아직 칠 수 없는 어려운 악보들을 읽는다. 펼쳐놓고 가만히 들여다본다. 머릿속으로 음악을 재생하면서 멀리 가는 음표들을 좇아가본다. 내가 그렇게 가장 자주 '읽는' 악보는 쇼팽의 발라드 4번이다. 반복되지만 미세하게 변하는 음형, 점점 추가되는 멜로디와 화음은 읽어도 읽어도 새롭다. 이 어지러운 음표들 속에서 중요한 멜로디를 뽑아내 설득하려면 어떤 수풀을 헤쳐 나가야 할까? 연주자들은 이 많은 화음과 지시사항 속에서 어떻게 자신의 속도와 멜로디를 찾아냈을까? 악보는 움직이지 않는데도 완성은 멀기만 하다.

때로는 좋아하는 연주를 들으면서 악보를 읽어보기도 한다. 유자 왕이 연주한 라흐마니노프의 전주곡 5번**을 듣는다. 완전히 다른 분위기로 접어드는 중반부의 시간에 아주 선명한 소리로 중간 멜로디가 들린다. 오른손도 바쁘고 왼손도 바쁜데, 도

* 특히 힘을 주어 강하게. 해당되는 음 위에 sf로 표기한다.

** 'The Berlin Recital'(2018) 앨범 중 Prelude in G Minor, Op. 23 no. 5.

대체 이 당당한 소리는 누가 내고 있지? 악보를 본다. 두 손이 모두 바쁜 와중에 번갈아가며 중간 멜로디를 만들어내고 있다. 왼손이 시작하면 오른손이 받고, 오른손이 시작하면 왼손이 받는다. 미스터리가 풀린다. 이제는 도대체 그걸 어떻게 매끄럽게 연주하고 있는가가 다음 미스터리가 된다. 몇 번 시도해봤는데 빠른 속도로 중간 멜로디만 구분해내는 건 지금의 나에게는 불가능한 일이다.

또 하나의 미스터리가 있다면 집 구석에 먼지가 쌓여 있는 많은 악보들을 내가 대체 언제 연주했냐는 것이다. 오래된 악보에는 선생님의 시원시원한 글씨가 곳곳에 쓰여 있다. 빠르게, 손 모양 크게, 왼손 느리게, 페달 (밟아오기), 당당하게, 연결, 변박자, 손가락 번호, 하루에 각 손 5번씩. 악보의 시작 부분에는 날짜가 쓰여 있다(연도까지 적혀 있었다면 더 좋았을걸, 지금의 나는 생각한다). 나의 어설픈 낙서도 가끔씩 삐죽하게 등장한다. 떡볶이라는 단어는 왜 등장하고, 지렁이는 또 왜 그렸담. 듀엣곡집은 대체 언제 쳤고, 명곡집에서 이렇게 많은 곡을 쳤다니. 체르니50까지 쳤었는데 50은 어디 가고 40만 남아 있지. 인쇄일이 2000년 이전인 악보들을 먼지 나게 쌓아놓고 신기해하다 보면 시간이 빨리도 흐른다. 아, 그래, 이 곡도 쳤었지. (머릿속으로 재생) 다음 페이지를 넘기고는, 아, 그러네, 이것도 쳤었네. (머릿속으로 재생) 몇 페이지 넘기면, 아니, 이런 걸 쳤어?

처음 악보를 배우던 때가 떠오른다. 커다란 오선지와 커다란 음표들. '도레미파솔라시'라는 이름. 계이름에는 동그라미가 없구나, 생각하며 또박또박 천천히 따라 그리던 직선들. 알파벳보다 음악 용어를 먼저 배웠다. 생소한 이탈리아어 단어들을 한글로 배우면서 이탈리아에 가서 택시를 타면 여기 쓰여있는 말만 가지고도 의사소통이 된다더라는 소문도 알게 되었다. 여태 이탈리아에 가본 적 없고 앞으로도 갈 일이 있을지 알 수 없지만, 나는 이탈리아의 택시에 타서 "알레그로!"*라고 외칠까 말까 고민하는 나를 상상해본다. 그런 파격적인 일을 하기에 나는 조금 소심한 것 같지만.

*

그것은 언어를 배우는 과정과 다르지 않다. 본

* 빠르게.

질적으로 음악이란 하나의 언어라고 느낀다. 각 음의 진동수가 규칙적이고 수학적인 체계를 가지고 있다는 이유로 음악과 수학의 연관성을 이야기하는 사람들도 있지만, 사실 음악으로 말하고 음악을 읽기 위해서 필요한 것은 수학적 계산이 아니라 시간의 흐름에 올라타는 것이다. 우리가 말을 하고 글을 읽을 때처럼.

음악과 언어의 유사성은 너무나 명확하게 드러나 있어서 언급하는 것이 새삼스럽게 느껴진다. 단어, 짧은 구절, 문구, 문장, 문단, 글은 각각 음표, 이음줄로 연결된 음들, 동기(motif), 프레이즈, 주제, 곡에 대응한다. 글이 쓰인 책은 악보가 기록된 악보집에 대응한다. 책을 처음부터 끝까지 순차적으로 읽듯 악보도 순차적으로 읽으며, 책을 그렇게 읽는 것을 거부할 수 있는 것처럼 마찬가지로 악보를 읽을 때도 순차성을 거부할 수 있다. 음악은 언어 없는 언어, 잘게 쪼개진 의미를 실어 나르는 대신 감정을 열어놓는 언어다.

반대로 언어란 하나의 음악이다. 이런, 글은, 읽기가, 힘들다. 하지만 저런 글이 읽기가 힘들다고 해서 그 반대급부를 적용하여 오히려 호흡이 긴 문장을 쓴다고 저절로 읽기 쉬워지는 것도 아니다. 또

한 꼭 읽기 힘들고 쉬움이 그 글의 질을 결정하는 것도 아니다. 글은 리듬이고, 호흡이며, 보이지 않는 선율이다. 책을 읽을 때 음악을 듣지 않는 이유는 단지 계이름이 들려서가 아니다. 글의 프레이징과 음악의 프레이징이, 글의 구조와 음악의 구조가 서로 걸려 넘어지기 때문이다. 내가 나의 글에 바라는 것이 한 가지 있다면 나의 리듬을 온전히 당신에게 실어 나르는 것이다. 리듬은 꼭 종이에 인쇄된 단어에만 들어 있지는 않다. 리듬은 소리가 멈출 때 생겨나기 때문이다.

이

렇

게.

듣는 일

언제였는지 기억나지 않는 행사에서 구독자분이 선물해준 시디가 있다. 키스 자렛의 'The Köln Concert'와 도미닉 밀러의 'Silent Light'이다. 그중 키스 자렛의 앨범은 1975년 1월에 쾰른에서 있었던 연주 실황을 녹음한 것으로, 재즈 피아노의 역사에서 명반으로 꼽히는 음반이다. 전 세계적으로 400만 장이 넘게 팔린 이 유명한 음반은 제목조차 없이 파트 1과 파트 2를 기록한 네 개의 트랙으로 되어 있다. 두 파트 모두 처음부터 끝까지 키스 자렛의 즉흥연주이기 때문이다.

파트 1은 26분이 넘는다. 파트 2는 30분이 넘는다. 두 곡 모두 당일 정한 몇 개의 코드를 중심으로 연주를 발전시켜나간다. 연주는 고요한 바다와 격렬한 풍랑 사이를 오간다. 아주 조용한 몇 개의 음이 울리다가 반복되는 왼손의 베이스 리프가 쩌렁하게 울리더니 다시 몇 개의 음으로 돌아온다. 그는 음악을 흐르게 만들 줄 안다. 음악을 흐르게 만드는 건 아주 어려운 일이다. 음악이 흐르려면 시간 속에 일정한 점을 찍을 줄 알아야 하고, 점과 점 사이를 유연하게 움직여야 하며, 그 움직임에 설득력이 있어야 한다. 또한 연주자는 쉬지 않고 앞으로 나아가야 한다(이것은 쉼표 없이 연주해야 한다는 말이 아니다. 연주자는 쉼표에서 멈추는 게 아니라 '쉼표를 연주'한다). 음악을 밀고, 밀고, 앞으로, 앞으로. 연주자가 멈추는 순간 음악도 멈춘다. 곡이 멈추는 것과 음악이 멈추는 것은 다르다. 곡이 연주되고 있어도 음악은 멈칫거릴 수 있다. 음악이 멈추는 순간 청중은 본능적으로 알아차리고 집중력을 잃는다.

뵈젠도르퍼 피아노 특유의 까로록, 하는 울림이 음마다 들린다. 어떤 건반에서는 소프라노가 함께 노래하고 있는 것처럼 들린다. 급하게 준비된 피아노의 상태는 좋지 않지만 키스 자렛은 그런 조건을 오히려 이용하는 것 같다. 연주용 피아노보다 한참 작은 피아노로 소리를 멀리 보내기 위해 그는 피아노의 잠재력을 최대한 끌어낸다. 건반을 강하게 두들기고, 끌어당기고, 밀어낸다. 소리가 제대로 나지 않는 건반을 피해 연주하면서도 멜로디를 결코 끊지 않는다. '연주'라는 영역 안에서, 그는 피아노로 할 수 있는 거의 모든 것을 한다. 그는 노래한다. 그는 소리친다. 그는 선언한다. 그는 바라본다. 그는 바라본 것을 말하고, 다시 노래한다. 손가락은 조음(調音)에 사용되는 발음기관 혹은 펜을 잡은 손의 기능을 대신하고 있다.

재즈에만 이런 자유로움이 있는 것은 아니다. 쇼팽 피아노 협주곡 1번 1악장에는 쉴 새 없이 코드가 바뀌는 부분이 있다. 몇 가지 패턴화된 코드 진행을 사용하는 대중음악에서는 거의 쓰일 일이 없는 코드 진행이 마구 휘몰아치는 부분이다. 나는 이 황홀한 부분을 '정신 나간' 코드 진행이라고 표현하는 걸 좋아한다. 단순히 코드 진행뿐만이 아니라 음악 자체가 어딘가로 몰아쳐 가는 느낌을 주기 때문이다. 피아노 협주곡 2번에도 비슷한 부분이 있지만 1번의 이 부분만큼 어디론가 뱅글뱅글 빨려 들어가는 듯한 진행은 아니다. 바로바로 코드를 따면서 듣다 보면 매번 웃음이 나온다. 아니 이게 된다고? 이게 이렇게 간다고? 이렇게 스트레이트로 그냥 계속 조를 바꿔? 근데 이렇게 좋아? 뭐 이런 음악이 다 있어? 기대는 배신되고, 화성은 해결되지 않는다. 현대의 무조음악이나 화성을 넘나드는 재즈 음악이 아닌, 낭만주의의 총아가 들려주는 19세기 초의 협주곡에서 이런 부분이라니. 바로크의 악기로 로큰롤을 했던 비발디를 듣는 것 같다.

나는 음악을 만드는 사람들에게 이 부분을 들려주는 것을 좋아한다. 이 부분을 들려주면 각자의 음악적 경험에 따라 재미있는 대답을 들려준다.

요조의 첫 반응은 "클래식에도 사이키델릭이 있나요?"였다. 김제형은 "폭풍우가 휘몰아치는 나선형 계단을 오르는 개인, 난제를 풀고 있는 수학자의 머릿속, 톰을 이리저리 피해 다니는 제리가 생각난다"고 했다. 옥상달빛은 두 사람 모두, 그렇게까지 이상한 코드 진행으로 들리진 않지만 음악이 좋다는 반응을 보였고(역시 음악을 전공한 사람은 다른 걸까), 이십대에 나의 음악 여정을 함께했던 친구 C는 이런 전조를 처음 들어본다며, 두 마디 간격의 전조가 충격적인데 그 구조가 너무 견고해서 더 충격적이라는 반응을 보였다. 음악 만드는 일을 해보지 않은 사람에게는 이 부분이 어떻게 들릴지 궁금하다. 비슷한 느낌일까? 들으면서 무슨 생각을 할까?

내가 항상 들려주는 버전은 많은 버전 중에서도 크리스티안 지메르만이 직접 지휘하며 연주한 1999년 앨범*이다(앞서 설명한 1악장 부분은 14분경부터 약 2분간 지속되는 부분이다). 시디의 앞면에 'polish festival orchetra'라고 쓰여 있는데, 'p'는 '***p***(피아노, 즉 여리게를 나타내는 기호)'로, 'f'는 '***f***(포르테 기호)'로, 'o'는 '**o**(온음표)'로 쓴 것

* 'Chopin: Piano Concertos Nos. 1 & 2'(1999).

이 인상적이다. 오케스트라의 다이내믹이 살아 있고, 피아니스트가 직접 지휘하며 연주했기 때문에 합이 착착 맞는 신명 나는 앨범이다. 하지만 무엇보다 내가 이 앨범에 반한 포인트는 현악이 멜로디를 연주할 때 마디를 끊지 않고 이어서 연주한 부분이다. 정확히 1악장의 12분경, 바이올린 파트는 몇 초 전부터 몰아치기 시작한 멜로디의 마지막 음(E)을 끊지 않고 그대로 다음 마디의 첫 음(G)으로 연결한다. 이 디테일 때문에 이 버전을 얼마나 많이 들었는지 모른다.

그러니까 연주에는 멜로디만 있지 않다. 리듬에는 정적도 포함된다. 소리에는 크고 작음만 있지 않다. 라벨의 〈밤의 가스파르〉를 들어보자. 그중 '교수대'의 시작 부분은 왼손과 오른손 모두 작은 볼륨으로 연주하고 있지만, 하나의 멜로디(혹은 반주)가 안개처럼 감싸는 소리를 내는 동안 다른 하나의 멜로디는 조금 더 분명한 소리로 연주된다. 볼륨을 크게 한다고 해서 잘 들리는 소리가 되는 게 아니며, 볼륨이 작다고 들리지 않는 소리가 되는 게 아니다. 작으면서 잘 들리는 소리, 크지만 들리지 않는 소리가 있다. 앞선 소리의 희미한 흔적이, 규칙적인 정적이, 예기치 못한 변칙이 모두 음악이 된다. 그리고 그것을 듣고 나면, 그것을 듣기 전으로 돌아갈 수 없다.

*

"손목을 움직이지 말고 그대로 쳤다가 떼어보세요."

띵.

"어떤 소리가 나나요?"

"어…. 이걸 뭐라고 해야 되지…."

나는 망설인다.

"어떻게 들려요?"

"이게 말이 되는지 모르겠는데, 네모난 소리가 나네요?"

"맞아요, 네모난 소리."

포물선을 멀리 그리는 울림의 소리가 아닌, 곧장 문을 열고 들어갔다 곧장 문을 닫고 나오는 소리가 들린다. 소리는 길게 이어지는 대신 자신을 잠깐 당당히 드러냈다가 자취를 남기고 홀연히 사라진다. 이런 터치는 논레가토 주법이 필요한 곳에 여기저기 넣을 법하다. 여러 음을 연달아 쳐본다. 네모난 음들이 이어진다. 네모네모, 네모네모, 네모네모

네모네모.

피아노를 연주하려면 들어야 한다. 내가 만드는 소리를 내가 들을 수 있어야 한다. 그 소리가 정확히 어떤 소리인지 알아야 한다. 흘러나오는 소리가 마치 내 것이 아닌 것처럼 듣는 동시에, 완전히 내 것이라는 생각으로 들어야 한다. 전자는 흘러가고 있는 음악을 듣는 것이고 후자는 내가 만들고 있는 연주를 듣는 것이다. 음악이 연결되게 하기 위해 음악 전체의 흐름을 한 발짝 떨어져서 듣는다. 그 흐름이 덜컹이지 않도록 연주에 반영한다. 두 가지 듣기는 서로 피드백을 주고받는다. 연주하면 음악이 되고, 음악으로 들어야 연주할 수 있다. 연주자는 자신을 두 사람으로 나누어 듣는 동시에 친다. 완전히 숙달된 피아니스트는 어떠한 주저함도 없이 자연스럽게 이 과정에 자신을 맡길 수 있다.

그리고 어느 순간 피아노는 연주되고 있다. 피아노를 연주하는 게 아니라, 공기 속에서 연주되고 있는 음악이 피아노를 통과하는 중이라고 믿게 된다. 음악은 예측하거나 의도한 대로가 아닌, 그저 음악인 채 스스로 흘러간다.

그러나 아마추어들은 대개 자신의 연주를 듣는 것만으로도 힘에 부친다. 틀린 음을 짚지 않기 위해, 박자가 어그러지지 않도록 하기 위해 떨며 연주한다. 엉망진창으로 틀리는, 한없이 느린 자신의 연주를 견뎌야 한다. 이때의 연주자는 한 사람이다. 아무리 기술적으로 능숙해져도 음악을 듣는 나를 분리시키지 않는 한 연주자는 영원히 한 사람이다. 남이 나를 어떻게 보는지 생각할 겨를도 없이 자신에게 몰두하는 사람, 그것만으로도 충분히 힘겨운 사람, 혹은 그것만으로도 만족하는 사람이다. 우리는 거기에서 어떤 초조함을 읽어낼 수도 있고, 귀여움이나 대견함을 느낄 수도 있다.

조금 능숙한 아마추어라면 자신을 분화시킬 수는 있으나, 분화시킨 상태로 연주하더라도 자신이 떠올린 음악에 취해 타인을 설득하지 못할 수도 있다. 자신은 A를 쳤다고 생각하지만 실은 A를 표현하려다가 쓸데없는 곳에 힘이 들어가 전혀 A를 표현하지 못하고 있는데도 자신의 머릿속에서는 그렇게 전달되리라고 믿는 것이다. 진짜 연주되고 있는 음을 듣는 게 아니라 자신의 머릿속에 있는 상만 듣고 있으니 이 음악은 자기 안에 갇힌 음악이다. 청중보다 먼저 우는 가수, 독자보다 깊게 흐느끼는 작가, 관객을 두고 혼자 훌쩍이는 배우. 피아노를 치는 나는 이 단계에 있다. 내가 생각한 것을 표현하려면 멋대로 음악에 심취할 게 아니라 필요한 음을 정확한 터치로 내야 한다는 것을 근육으로 학습하고 있다. 이를테면 몸을 잔뜩 긴장한 상태로 건반을 누른다고 꼭 예쁜 소리가 나는 건 아니라는 사실이나 근육에 힘을 세게 주면 오히려 큰 소리가 나지 않는다는 사실 같은 것.

이 단계에서의 복병은 내가 연주하고 있는 음을 하나하나 다 듣기가 생각보다 어렵다는 점이다. 주의를 기울이지 않은 채로 자기만의 음악에 취하다 보면 제대로 듣지 않고 관성적으로 연주하는 음이 반드시 생긴다. 내가 듣지 않는 음은 청자에게 들리지 않는다. 머릿속으로 먼저 듣지 않고 관성적으로 연주하거나 이미 연주된 음을 끝까지 듣지 않고 넘겨버리면 그 음은 전달되지 않은 채 사라진다. 화성적으로 중요한 음, 극적인 효과를 낼 수 있는 음뿐만 아니라 놓치기 쉬운 왼손 라인도, 주제를 부연하는 음도 하나하나 챙겨 들으며 연주할 때 비로소 청자를 설득할 준비가 된다.

생각한 것을 구현하는 것에만 성공해도 사실상 아마추어 단계는 지난 것이다. 이제는 설득에 대해 생각할 시간이다. 이 곡에 대한 나의 해석은 얼마나 설득력이 있는가? 이때의 듣기는 원곡자를 향한 듣기 혹은 곡의 구조를 향한 듣기가 된다. 자신이 곡 속에서 무엇을 들어야 그것을 들려줄 수 있는지를 아는 듣기이다. 곡의 가장 높은 봉우리와 가장 낮은 평지를, 그 사이를 연결하는 여러 풍경을, 그 중에서 자신이 보여주고 싶은 풍경을 고르는 듣기이다. 연주자들은 자신이 악보 속에서 들은 것을 정확히 구현하기 위해 연습 시간을 보낸다. 프로페셔널 피아니스트들이 몇 달 동안 한 곡을 연습한다고 할 때, 이들은 다름 아닌 악보와 그 속의 작곡가와 또 그 악보를 해석하는 자신을 듣고 있는 것이고, 그것을 전달하는 연습을 하고 있는 것이다. 소리 앞에서 그들은 기꺼이 영매가 된다.

연주는 듣기의 연속이다. 오로지 들음으로써만 창조가 가능하다는 사실은 연주자를 끝없는 경청과 인내의 세계로 데려간다. 연주자는 자신에게 묻는다. 내가 이 소리로 해야 할 일은 무엇인가? 흐르는 음악을 붙잡아 세상에 존재하게끔 만드는 것, 공기에 매 순간 새로운 파장을 만드는 것, 각각의 음이 내야 할 소리를 내게 하는 것. 마음속의 소리와 흘러나오는 소리를 들어야 한다. 소리와 공기, 소리와 손끝, 소리와 귀, 소리와 몸. 결국 그는 소리를 듣고 만들면서 소리 그 자체가 되어야만 한다.

*

음악은 — 다른 많은 예술과 마찬가지로 — 그 무슨 짓을 해도 시간을 거치지 않고서는 향유가 불가능해서 사람을 조바심 나게 만든다. 한 곡을 처음부터 끝까지 한번에 연주하면 무엇이 들릴까? 시끄러운 초조함의 뭉치 같은 것이 들릴 것이다. 음악은 시간 속에서 완성되어간다. 마지막까지 듣지 않고 연주를 판단할 수는 없으며, 그것은 꼭 인간과도 같다. 한순간에 파악될 수 없고 시간의 흐름에 따라 앞선 사건들이 계속 새로운 의미로 재조직된다는 점에서 그러하다. 음악이 끝나기 전까지는 그 곡의 의미를 결정할 수 없다. 삶이 끝나기 전까지는 그 삶의 의미를 단정할 수 없다.

2019년 여름에 갑자기 목소리가 나오지 않았다. 목소리를 내지 못한 몇 달은 갑작스러운 고립의 시간이었다. 나는 (억지로 쉰 목소리를 내어) 강연할 수 있었으나 (강연할 에너지를 비축하기 위해) 대화할 수 없었다. 원하는 타이밍에 적합한 말을 하는 대신 입을 다무는 쪽을 택했다. 업무 자리에서는 최소한의 말만 했다. 강연조차 할 수 없는 컨디션이라 수많은 강연을 취소했다. 친구와 직접 만나 대화하는 일이 현저히 줄었다. 전화도 받지 않았다.

말하지 못하는 상황 속에서 필사적으로 읽고 들었다. 아침 7시 30분에 일어나 환기를 하고, 꿀물을 끓이고, 꿀 캔들에 불을 붙이고, 밀대로 바닥을 청소하고, 책상에 앉아 책을 읽었다. 바깥의 바람 소리와 차들이 달리는 소리와 종이가 팔랑대는 소리만이 집을 나고 들었다. 말하는 대신 최선을 다해 경청했다. 글 속의 누군가의 누군가들이 얼마나 그를 아프게 했는지, 무릎 꿇게 했는지, 노래하게 했는지, 흙을 쓸게 만들었는지 들었다. 버스를 탈 때면 덜컹이는 소리를 차단하는 이어폰으로 피아노 곡을 들었다. 날카로운 소리와 둔중한 소리, 울리는 소리와 빛나는 소리, 깃털 같다가도 한순간 건반의 가장 내밀한 곳까지 파고드는 소리가 어떤 방향으로 얼마나 공명하는지 들었다. 그들의 이야기를 듣는 것만으로도 왠지 작가의 이마에 새겨진 내 천(川) 자와 피아니스트의 손끝 감각이 옮아오는 것 같았다.

듣는 동안은 침묵이 언제 끝날지 묻지 않아도 됐다. 듣는 데에는 침묵이 필요하기 때문이다. 그동안 올린 수백 개의 영상이 인터넷에서 칼춤을 추는 동안 이따금씩 강력한 은둔에의 충동을 느끼는 지금의 나를 생각해보면, 그 침묵은 차라리 내가 나에게 강요한 시간이었는지도 모른다. 너는 잠시 멈추고 들을 필요가 있다. 침묵하고 듣지 않는다면, 네가 뭘 할 수 있겠니. 약을 아무리 먹고 좋다는 걸 다 해도 가라앉지 않던 성대의 염증은 몇 달이 흘러서야 아슬아슬한 줄다리기까지 마치고 겨우 잦아들었다. 그동안 아름다운 글과 소리를 들어서 그것을 만든 인간이라는 존재를 가까스로 사랑할 수 있었다. 내 안의 소리를 들어서 나의 부족함을 가까스로 인정할 수 있었다. 사람들의 소리를 들어서 가까스로 절망하지 않을 수 있었다.

이제 나는 말을 멈추기란 도통 쉽지 않다는 것을, 억지로 누군가가 말을 멈추게 해야 겨우 뭔가를 들을 수 있다는 것을, 그리고 혼자서도 그렇게 할 줄 알아야 한다는 것을 안다. 말하는 일이란 다른 사람에게 나의 일부를 떼어내 전달하는 일이고, 그 이전에 침묵의 시간만이 나를 정의할 수 있으며, 듣는 시간만이 나를 겸손하게 만든다. 듣기를 멈추지 않아야 하고, 듣기 위해 침묵해야 하며, 침묵의 힘으로 말해야 한다. 더 자세히, 더 세심히, 더 온전히 들어야 한다. 나 자신의 소리도, 다른 누군가의 소리도. 고립이 끝난 후에야 나는 그 사실을 알았다.

피아노 건반이 요구하는 확신은 곡이 완성된 후에야 비로소 이야기될 수 있다. 첫 음을 확신 없이 시작했더라도 마침에 이르러 그 음은 의미 있는 음으로 재해석될 수 있다. 모든 것은 건반으로부터 시작되며, 듣는 이에게서 끝난다. 계속 칠 수만 있다면. 멈추지 않기만 한다면.

에필로그

피아노는 내 삶의 일부분이다. 그것은 곧 피아노가 아닌 부분 역시 삶의 많은 자리를 차지하고 있다는 뜻이다. 우리는 모두 자기 삶의 서사를 원하는 대로 재구성할 권능을 지니기 때문에, 나 역시 피아노를 중심으로 삶의 서사 하나를 꿰어낼 수 있었다. 필연적으로 여기에는 말해지지 않은 것들이 있다. 이를테면 이 책으로 나를 처음 만나는 사람은 내가 책을 얼마나 좋아하는지, 글쓰기가 나를 어떻게 구원했는지 알 수 없을 것이다. 마찬가지로 피아노에 대해서도 모든 것을 쓸 수는 없었다. 아마 모든 것을 쓰는 건 불가능할 것이다. 골목길을 걸으면 멀리서 들려오던 누군가의 정겹고 서툰 연습 소리나 악보에 묻어 있는 나의 지문이나 어린 시절 집을 지키던 갈색 피아노의 촉감에 대해 모든 것을 말할 수는 없었다.

그럼에도 불구하고, 최선을 다했다.

'열심히'라는 프리랜서의 미덕을 잃지 않기 위해 KTX를 지하철처럼 타고 다닌다. 집에서 서울역, 서울역에서 어딘가의 역, 그 역에서 강연 장소, 두 시간 정도의 강연, 다시 강연 장소에서 어딘가의 역, 거기서 서울역, 서울역에서 마침내 집. 강연을 마치고 집으로 돌아오는 귀환의 여정에서 나는 녹초가 되어 슈베르트의 즉흥곡 3번을 듣는다. 창문에는 낯선 얼굴이 희게 떠 있다. 나는 여기에 있고, 무엇으로도 그 사실을 바꿀 수는 없으며, 그 사실을 바꿀 수 없다는 데에는 아무런 문제도 없다. 여러 피아니스트의 연주를 돌아가며 들어도 모두 그렇다고 말해준다. 거슈윈의 피아노 협주곡을 신나게 듣던 출근길에서보다 내가 세 배 정도 싫어졌지만 — 지쳐서, 혹은 실수해서, 혹은 내가 부족해서 — 거기에도 마찬가지로 아무런 문제가 없다고 곡은 말해준다. 나는 조금 평온해진 마음으로 라벨 피아노 협주곡의 2악장을 튼다. 피아노의 고요한 왈츠. 단조롭지 않은, 리듬을 주었다 뺏는, 나에게 아주 느리게 춤출 힘을 주는 소리들. 이제 집에 들어가서 샤워를 하고 나면 모든 것은 씻겨 내려갈 것이다.

나를 만든 세계, 내가 만든 세계
'아무튼'은 나에게 기쁨이자 즐거움이 되는,
생각만 해도 좋은 한 가지를 담은 에세이 시리즈입니다.
위고, **제철소**, **코난북스**, 세 출판사가 함께 펴냅니다.

아무튼, 피아노

초판 1쇄 2022년 3월 31일
초판 4쇄 2022년 8월 1일
지은이 김겨울
펴낸이 김태형
펴낸곳 제철소
출판등록 제2014-000058호
전화 070-7717-1924
팩스 0303-3444-3469
제작 세걸음

right_season@naver.com
facebook.com/from.rightseason
instagram.com/from.rightseason

ISBN 979-11-88343-53-9 02810